長編官能ロマン

女《おんな》運《うん》

神崎京介

目次

プロローグ

男にはふたつの種類が存在している。

いや、そうではない。

男にはふたつの種類しか存在していない。

そのふたつとは、運を持っている男とそうでない男である。

運を摑《つか》んで上昇していく者もいれば、運のことなどまったく頓着《とんちゃく》しないまま生活に流されていく者もいる。どちらがいいか悪いかということより、どちらが生活や人生を充実させられるのかとか、満足のいくものにできるのかといったことを考えた時、おのずと答が出せるのではないだろうか。

運の強い男がいた。

それは持って生まれた才能と呼んでもおかしくない運の強さだった。だが彼は、自分の運の強さをおぼろげにしか気づいてはいなかった。

男の名は、倉木慎吾《くらきしんご》。

東京の大学に合格し、勇躍、上京した。運を掴むこともしなければ、自らが持つ運の強さに磨《みが》きをかけることもなかった。大学に行く目的意識を持たずにだらだらと過ごすうちにあっという間に四年生になり、就職という難関にぶつかった。

田舎《いなか》に帰る気はなかった。なんとしてでも東京で就職したいと思った。実家に帰っても愉《たの》しいことはない。運を掴むことを諦《あきら》めてしまった父と、貧乏を恨《うら》みつづけている母がいるだけで、そこには希望はなかった。

リクルートスーツ一着で一二社の試験を受け、すでに一一社からは不合格通知が届いていた。

残る一社に期待しつつも、望みが薄いことは承知していた。

二流大学でしかも成績もよくない。Aの数がたった四つしかない学生なのだ。

ゼミに入っていればまだ、教授の推薦を得てなんとか就職口を探すこともできただろうが、慎吾はゼミにも入っていなかった。就職の口利《き》きをしてくれる強力なコネクションもなかった。

就職浪人する勇気もなければ、フリーターになろうという気もなかった。

八方ふさがりの情況だった。

闇の中を手探りで歩いているような慎吾にも、ようやくおぼろげながら光が射し込んできた。

それは幸運の光だった。

だが、運についてさほど考えてこなかった慎吾には、それは眩《まぶ》しすぎて幸運の光とは思えなかった。光が闇と同じに見えていた。

その光に向かって歩むべきか、否《いな》か。

慎吾は迷った。

迷いとは怖れだった。

これ以上、悪いことも起きるはずもなく、情況が悪くなることもないはずなのに、慎吾は理由もなく怖れた。怖れを吹っ切り、幸運の光の源《みなもと》を摑むために突き進むだけの勇気を、まだ持ち合わせていなかった。

慎吾、二一歳。

幸運の光を摑むチャンスは目の前にあった。

決断の時は迫っていた。

第一章　慎吾《しんご》、決意する

前略　真里《まり》さん

ぼくはこれから、とんでもないことをしようとしています。

それを知ったら、怒って二度とぼくに手紙を書くなと言うのでしょうか。

あなたのことを信じています。この程度のことで、怒るはずないですよね。だからこそ、正直になれるんですからね。

もう一一月だというのに、就職先はまだ決まっていません。

大学の就職相談窓口の担当者は、ぼくのようなやっと卒業単位がとれるかどうかの学生には興味がないようです。広告代理店が主催する企業の合同会社説明会に何度か行きましたが、二流大学などお呼びでないらしく、ずいぶん冷遇されました。パンフレットすら渡してくれない会社もあったほどです。

勘の鋭い真里さんのことですから、そのことと、これからぼくがしようとしているとんでもないことには関係があると、察しがついていることでしょう。

ところで……。話を変えさせてください。

ぼくは今、運ということについて考えています。

自分で言うのは少しはばかられるのですが、ぼくは強運の持ち主ではないかと密かに思っていました。あなたと中学生の時に出会ったことなど、その最たるものだと思いませんか。

東京で大学生活を送り、勉強をしないで遊ぶうちに、運をすり減らしていたのかもしれません（だから就職もうまくいかないのではないかなぁ）。

今夜、ぼくのところにまったく寄ってこなかった運が、近づいているように感じています。これからそれが、勘違いだったのかそれとも正しかったのかどうかわかるはずです。後日、この件の首尾についてはお知らせしたいと思います。

あなたをいつも想って　慎吾

倉木慎吾はボールペンをテーブルに置いた。ちょうど、黒服姿のボーイがコーヒーのおかわりを注《っ》ぎにきた。

東京にやってきてから、幼なじみの真里に数え切れないくらい手紙を書いた。思い悩むと、透明な白い肌の彼女を思い出し、そのたびに故郷の真里を想って手紙を綴《つづ》った。

腕時計に視線を落とす。

午後一〇時五二分だ。

便箋《びんせん》を折り畳み、封筒に入れ、システム手帳に差し込んだ。ここのホテルのラウンジのコーヒーは煮詰まっていて不味《まず》かった。

そろそろ時間だ。

胸の裡《うち》でそう呟くと、舌を湿らせる程度にコーヒーを飲んだ。慎吾は意を決して、すくっと立ちあがった。

1

すでに明かりは消されていた。

カーテンは開いていた。ネオンや街灯の放つぼんやりとした光が、二一階の部屋の中まで入り込んでいた。

つまずくことはなさそうだ。それでも倉木慎吾は、薄闇に目が慣れるまで、ドアを閉めたところで立ち止まっていた。

廊下の先に女性の膝から下だけが見える。ストッキングを穿《は》いた足がキラキラと輝く。ベッドに横になっているようだ。

仰向《あおむ》けになって足首のあたりを重ねたかと思うと、足を開いてうつ伏せになった。目が慣れるにしたがって、成熟した大人の女性らしいなだらかなラインのふくらはぎがはっきり見えてきた。

慎吾は小さくため息をついた。

意を決してやってきたはずなのに、いざとなると、さすがに自信や確信といったものを持てなくなっていた。

気持がどうもすっきりしないのだ。

躯《からだ》に触れたいとか乳房を揉《も》んでみたいといった欲望ばかりが湧いてくるからだ。いくら心の裡を照らしてみても、それ以外の、たとえば好きとか好意を抱くといった想いは、どこにも見当たらなかった。

性欲は確実に高まっている。

欲望に忠実でいよう。それが運を引き寄せることにつながるかもしれない。

慎吾は胸に向かってそう呟《つぶや》いてみた。

それでもやはり、ひっかかりは消えない。女に招かれるまま、指定された時間にホテルの部屋にのこのこやってきた、性欲まみれのつまらない男に思えてならなかった。

真里に対して罪悪感を抱いているわけではない。彼女はどんなことがあってもすべてを赦《ゆる》してくれる。彼女が赦さないのは、隠し事をするという心の卑《いや》しさだけだ。

それなら思い切って帰ってしまえばいいとも考えてみるが、溢《あふ》れだした性欲がそれを許してはくれなかった。

許さなかったのは性欲だけではない。慎吾が密《ひそ》かに抱いている強運の持ち主だという自負もまた、許してはくれなかったのだ。

「早く、いらっしゃい」

足先が一瞬宙に浮き、艶《あで》やかな声が飛んできた。数時間前、六本木の居酒屋で話をした時の声とは明らかに違っていた。

酔いがまわっているのか。それとも酔いが高ぶりを増幅させているのか。いくら落ち着いた年齢の女性といえども、ホテルの部屋で待っている間に、欲望が迫《せ》りあがらないはずがないだろう。

「どうしたの、怖いの？」

壁の死角からもう一度、今度は、煽《あお》るような声が飛んできた。

「そんなこと、ありません」

慎吾は応《こた》えると、彼女の声に背中を押されるように歩きだした。

運が歩きはじめたぞ。

慎吾は自分を鼓舞《こぶ》するように、胸に向かって叫んだ。

甘い匂いが漂《ただよ》っていた。近づくほど、それは濃くなっていく。

キングサイズのベッドの中央でその女性は横になっていた。

五代美佐子《ごだいみさこ》、四一歳。

慎吾とはちょうど二〇歳違いの人妻だ。

暖かそうなワンピースの裾《すそ》がめくれていた。視線を感じたようだ。細い指先で裾を戻すと、けだるそうに上体を起こした。

ベージュのストッキングは銀色の細《こま》かいラメが入っていた。ドアに立った時に、彼女の足がキラキラと輝いて見えたのは、ラメが反射していたのだ。

美佐子が低い声で言う。

「約束の時間、ぴったりね」

「実は、三分前にはドアの前まで来ていたんです」

「若いのに、しっかりしているのね。その心構え、気に入ったわよ」

赤みがかった長い髪を指先で梳《す》きあげる。目尻に細かい皺《しわ》を浮かべ、薄いくちびるの端に笑《え》みを湛《たた》える。彼女の上品な雰囲気に、紫がかったピンクの口紅がよく似合っている。アルコールの臭いが漂う。それをかき消すように、化粧の甘い匂いが強まっていく。

サイドテーブルに置いたストールが滑《すべ》り落ちていた。屈《かが》んでそれをすくいあげると、美佐子の細い指が伸びてきた。

「ねえ、きて」

「出会ってから、まだ数時間しか経っていないのに、いいんですか」

「馬鹿ね、わざわざそんなこと言って」

「すみません」

「女のわたしがきてと言っているのよ、だから、ほら、早くしなさい」

「はい……」

素直に応えた。それが目上に対する慎吾のいつもの応対だ。

中学、高校とバスケットボール部に在籍していて、年上は絶対の存在であると教え込まれていたせいだ。意識の底に刻まれてしまったらしく、大学に入っても消えなかった。そうしたしゃちこばった性格が厭《いや》で、何度となく、直そうと努力をしてみたが、染《し》みついたものを拭《ぬぐ》うことはできなかった。

大学のテニスサークルの仲間の中には、年上ということを意識することなくタメ口で話せる者もいた。自分にはけっしてできない話し方ができることを、本気でうらやましいと思ったものだ。

「すごく、元気ね」

美佐子が微笑《ほほえ》みながら、慎吾の股間に目を遣《や》った。一夜限りのつきあいに慣れているという風の、大胆であけすけな視線だ。

指先もまた、視線と同じくらい大胆だった。

ズボンの上からすっと股間を撫《な》であげてきた。ほとんど初対面の関係だというのに、どこにもためらいのようなものがなかった。

「ふふっ」

小さく笑みを洩《も》らした。そして今度はもう少し強い力で撫でた。

鋭い快感が一瞬にして、慎吾の下腹全体に拡がった。就職活動を本格的にはじめた六月から自分を律するためにオナニー禁止を含めた禁欲生活をつづけていたから、そうした些《さ》細《さい》な愛撫にも、陰茎は鋭く反応した。

慎吾はたまらず、美佐子に覆《おお》いかぶさるように軀を重ねた。

服を脱ぐゆとりはなかった。

セックスに慣れていないわけではない。初体験は遅かったけれど大学二年には済ませていたし、同じテニスサークルに所属する同級生の杉野朋絵《すぎのともえ》という軀の関係をつづけている恋人もいた。朋絵とはしかし、ゴールデンウィークに箱根の温泉宿で軀を重ねて以来、何もなかった。

彼女もまた慎吾と同じように、就職戦線に突入していた。女子学生の就職は男子の場合よりも厳しく、ここ数年来の氷河期に変わりはなかったのだ。

慎吾が禁欲生活を送ることで就職への決意をしたように、彼女も同様の決意をしていた。迷惑な話だったが、恋人と会わないことで、この戦線を乗り切ろうとする心意気はよく理解できた——。

美佐子のワンピースの上から乳房に触れる。ブラジャーの生地《きじ》のごわごわとしたレースを感じただけだった。美佐子が手首を摑んで、乳房から離しにかかったのだ。

「そんなに慌《あわ》てないで……。ふふっ、わたしはどこにも逃げないわよ」

「あなたがどんな女性なのか、ほとんど知りません。指先で触れられたら、少しはわかるような気がしたんです」

「それって、ふふっ……、君なりの口説き文句なのかしら」

「そんなつもりでは、ありません。ほんとにそう思っていました。ついさっきまで一階のラウンジにいたんですけど、そんなことばかり考えてました」

「素直で正直だってわけね。今時の若い子って小賢《こざか》しい子が多いけど、君はちょっと違うみたいね。まあ、だからわたしも、こうして会っているんだけどね……。ふふっ、ますます君のことが気に入ったわ」

慎吾は今度は顔を近づけた。

化粧品の人工的な甘い香りが濃くなっている。それが首筋からなのか、ワンピースの隙間から這《は》い出てきたものなのか、よくわからない。どちらにしても、軀の奥底から湧きあがった匂いであることは間違いない。

美佐子が顔を遠ざけた。

口元には相変わらず笑みを湛えたままだ。厭がっている風ではなかった。厭なら顔をそむけて拒《こば》む。慎吾のこれまでの経験から、それぐらいは察することができた。

「指先よりも、くちびるのほうがわかりやすいのかしら」

「あんまり、焦《じ》らさないでください。それともぼくに意地悪しているんですか」

「意地悪だなんて……。君のこと、可愛いって思っているのよ」

「それだけ？」

「あなた、自分で言っていたでしょ。運の強い男だって。わたし、そう思うわよ」

慎吾はもう一度、彼女の薄いくちびるを追った。

居酒屋で飲んでいる時、確かに『ぼくは運が強いほうなんです』と言った。なぜそんな話になったかというと、彼女が先に『わたしは強運の持ち主なの』と誇らしげに言い放ったことがきっかけだった。そして運の強い者同士が親しくなれば、強大な運がやってくるはずだ、という話で盛りあがった。

薄いくちびるがわずかに開いた。四一歳の女性のくちびるのようには思えない。みずみずしくて、弾力がありそうだ。

くちびるに触れた。

一瞬、ビリビリと痺《しび》れるような感覚がくちびるから生まれ、首筋から背中にかけて走り抜けていった。慎吾は呻《うめ》き声を洩らしそうになるのを堪《こら》えた。

ふたりの運がぶつかりあっている。

慎吾はふいにそう思った。そして舌を差し出すわけでもなく、しばらく、くちびるの痺れを味わっていた。

2

甘い香りがほのかに立ちあがっている。

仰向けになったというのに、乳房は豊かで張りつめていた。乳房のすそ野がわずかに脇のほうに流れているが、それが女性としての衰えを示すものとは思えない。くちびる同様、肌にもみずみずしさと透明感があった。

つまり、美佐子の軀のどこにも、慎吾がイメージする四〇歳を過ぎた女性の軀から滲《にじ》み出る老化の痕跡は見当たらなかった。齢を多く言ってごまかしているのではないかと思えるくらいだった。

「いらっしゃい」

美佐子が手を差し伸べる。

慎吾はベッドに滑り込んだ。

キングサイズのベッドのスプリングはやわらかかった。それでいて軀が沈み込むことはなかった。

美佐子の頬がピンクに染まっていた。

待ちきれなかったかのように、くちびるを重ねてきた。

ねっとりしたくちびるだった。

男の隠れた情欲を掘り起こすような熱気があった。時折、眉間《みけん》に皺を寄せ、せつなさそうな表情をしてはくちびるを押しつける。

キスだけでこれだけの情感が漂うものか。慎吾はすっかり彼女のキスに引き込まれていた。朋絵とのキスが脳裏《のうり》にチラと浮かんだ。乱暴で粗野なキスだった気がする。

キスに上手とか下手といったことがあることを、美佐子のねっとりとした熱いキスを味わいながら知ったのだ。

舌を差し入れてきた。

舌先を硬《かた》く尖《とが》らせ、突っつく。唾液を流し込むと反応をうかがうように、いったん動きを止めた。

慎吾はすぐさま応える。

美佐子の鼻息が荒くなった。

口の端に当たり、頬に流れてくる。

それは濡れた帯のようだった。

なかなか肌から消えていかない。頬やくちびるだけでなく、首筋や胸元にまで拡がり、軀がぐるぐるとその湿った帯に巻かれていくようだ。

高ぶりを誘う帯はすでに、膨張して硬くなっている陰茎にまでたどり着いていた。キスだけで絶頂まで昇っていきそうな気がした。

軀をぶつけあい、性欲をぶちまけあうような前戯とはまるきり違っていた。このまま高ぶりに漂っていると頭の芯《しん》が痺れて思考不能に陥《おちい》りそうだった。慎吾はたまらずいったん顔をあげると、ふうっと満足そうに深く息を吐き出した。

「キスって、こんなに気持がいいものだったんですね」

「そう……、気持よかった？」

「うっとりしました」

「若さが弾《はじ》けているのが、よく伝わってくるわ。君、とっても素敵よ」

軀を重ねた。華奢《きゃしゃ》なのに軀全体がとてもやわらかくて、慎吾は軀をあずけているだけでも気持がよかった。

膨張している陰茎を太ももに擦《こす》りつける。同時に乳房を両手で、脇腹のほうからすくいあげるようにして揉《も》む。中央に寄せると、乳房の深い谷間が生まれる。手を緩《ゆる》めると谷間がふっと姿を消していく。

湿った肌同士が離れていく時、微《かす》かに粘っこい音があがった。しっとりとしたやわらかい肌だからこそ、そうした音があがるのだ。衣擦《きぬず》れにも似たその微かな音が、美佐子の軀の奥底に潜《ひそ》む情欲の燃え立つ音のように思えてならなかった。

性欲が肥大していく。

乳房の谷間の底に舌を這わせる。みぞおちから胸元に向かって舌先で突っつくようにして舐めあげる。肌理《きめ》の細かさを感じる。しょっぱさはなかったが、どこからともなく女体の生々《なまなま》しさが口の中に拡がってくるのだ。人工的な匂いとは違う、甘さがあった。

乳首は豊かな乳房の中にあってさほど目立たない。乳輪もまたさほど大きくなく、楚々《そそ》とした上品さを漂わせている。

「乳首、とってもきれいですね」

「ふふっ、ありがとう。たぶん、子どもを生んでいないからじゃないかしら」

「ふくんでもいいですか」

「ばかね、そういうことはいちいち訊《き》かなくてもいいのよ」

美佐子がゆったりとのびをした。乳房全体が大きく揺れ、ほんの少し遅れて乳首が小刻《こきざ》みに震えた。

乳房を突き出した。乳首をふくんでもいい、と許しを与えてくれたのか、早くふくんで欲しいと思ってそうしているのか。慎吾には見極めがつかなかった。

すべてがさりげなく、ゆったりとしているのだ。性急なところがひとつもない。若さをぶつけあうセックスしか経験のない慎吾にはそれがもの足りない気もする。けれども、焦《じ》らされるようにして高まった性欲をいっきに放つことができるから、このほうが一瞬の高ぶりは大きいようにも思える。

乳首をふくんだ。

舌先で弾くと、口の中でプルンと跳ねた。やわらかい乳房がそれにつられるようにして小刻みに揺れた。

「ううっ、あっ、うくっ」

乳首を吸いながら転がすように弾くと、美佐子が呻き声を洩らした。

くちびるは閉じられていた。どこからその呻き声があがるのか不思議な気がして上目遣《うわめづか》いで見ていると、喉仏《のどぼとけ》のあたりが震えていた。喉の奥だけで響かせる呻き声だった。

華奢な軀の上を滑るようにして、慎吾は軀をずらした。足がすっと開き、そこに軀を落とし込んでいった。

腰骨が浮き彫《ぼ》りになっていた。ウエストのくびれはうっとりするくらい、しなやかなラインを描いていた。呻き声が響くたびに、下腹がうねり、ウエストのラインが変わった。

軀をさらに下に移す。

美佐子の軀から放たれている甘い香りが強まる。陰毛の茂みは縦長《たてなが》だ。全体にまばらで薄かった。太もものつけ根のあたりには剃《そ》った痕《あと》が見えた。

慎吾は茂みに息を吹きつけた。細い陰毛の数本がすっと揺れ、甘い匂いが拡がった。

割れ目を覆う厚い襞《ひだ》が茂みの奥に垣間見《かいまみ》える。腰が揺れると、襞がうねった。茂みの奥に指を這わせると、襞が震えた。

「そこ、ゆっくりと舐めてくださらない」

「ええ……」

「あなたの手つき、好きよ」

「そうなんですか」

「若いのにやさしいわよ、とっても。自分でもわかっているんじゃないかしら」

「そんなこと考えてなんか、できませんよ。ゆとり、ないです。指先が、ほら、少し震えているくらいですから」

慎吾はいったん上体を起こすと、指先をかざした。確かに指先が小刻みに震えていた。

美佐子が微笑んだ。てのひらを伸ばすと、慎吾の指を包み込んだ。

「軀はすっかり大人なのに、ふふっ、まだ子どもっぽいのね」

「幼いってことですか？」

「ううん、違うわ。子どもっぽいって、すごく素敵なことよ。社会人になるとね、真っ先に失うのが子どもっぽさなの。いいこと、あなたも、それをなくさないようにしてちょうだいね」

「はあ……」

「ピンとこないのかなあ、わたしの話。しようがないか。わかる子とわからない子がいるから……」

「すみません、ぼく……」

「うん？」

「…………」

「何なの？　素直に言ってごらんなさい」

「はい……」

「ほら、言いなさいって」

美佐子が好奇心に満ちた眼差《まなざ》しを向けてきた。

言うべきか、ぐっと堪えて胸の裡でおさめるべきか。

「途中まで言いかけてやめるなんて、いやな感じね」

「わかってます。でも……」

「でも？　煮え切らないわねえ」

「それじゃ、言います」

「すっかり話しなさいね」

「ぼくが大学四年生だってことは、教えましたよね。就職活動中だってことも知っているはずですね」

「今時の大学生の就職って、ずいぶん早い時期に決まるんでしょ」

「そうなんですけど、ぼくは、実はまだ、どこにも決まっていないんです」

「まあ……」

「このままだと、就職が決まらないまま卒業ってことになりそうです」

「会社訪問、さぼってないんでしょ？」

「もちろん。一二社に応募しています。一一社すでに落ちています。とにかく二流の大学ですからね。成績だって誇れるものではありません。それに地方出身者でコネクションもありませんし、ゼミにも入ってませんから」

「ないないづくしってわけね」

「困ってます」

「ゼミにでも入っていれば、教授の推薦でどうにか入るっていう方法もあったのにね。ごめんなさい、今さらそんなことを言っても、ちょっと遅過ぎたわね」

「あとひとつ、結果待ちの会社が残っているだけです。それがだめだったら、これから先のこと、ちょっと立ち止まって考えたほうがいいかなって思ってます」

「少し、訊いてもいいかしら」

美佐子が上体を起こした。好奇心をはらんだ瞳にいくらか冷静さが混じりはじめていた。

慎吾は軀を硬くした。

こういう時に訊かれることが、どういう類《たぐい》のものか、よくわかっていた。

会社訪問をした時もそうだし、大学の就職窓口の職員にも決まってこう訊かれた。

自分自身を誇れることがありますか。

取り柄《とりえ》は何ですか。

これまでの人生の中で、夢中でやってきたことがありますか。

一時間でも二時間でもつづけて話し続けられる分野や話題を持っていますか。

そのたびに、慎吾は応えに窮《きゅう》した。

誇れることなどなかった。

他人に胸を張って言えるような得意分野もなかった。

なんとなく生きていた。なんとなく遊んで、なんとなく女とつきあってセックスをしていただけだ。将来の展望など抱いたことはなかったし、何をしたいのかを考えてみても、自分にあった職業が何なのか、見当もつかなかった。大学生活なんてそんなものだろうと思っていたから、いきなりそう訊かれても応えられるはずがなかった。

しかし慎吾は自分の才能を信じていた。

確かに才能があった。

その才能とは、運の強さだ。

そしてその運がどこにあるのか嗅《か》ぎ取る第六感のようなものが秀《ひい》でていた。いくらそのことを就職の面接官に言っても嘲笑されるだけだとわかっていたから当然、話したことはなかった。

たとえば一年ほど前に、こんなことがあった。

旅行代理店の主催する日帰り旅行バスツアーに参加しようとした秋のことだ。すでにお金を払い込んでいるにもかかわらず、当日の朝になって行く気がおきなかった。それで一緒に行くはずだった朋絵に悪いと思いながらも、わざと寝坊した。

結局、朋絵も参加しなかったが、その時のふたりが乗っているはずのバスが高速道路で追突されたうえに横転炎上し、死者四名、負傷者三五名の大事故に見舞われた。

そうした災厄《さいやく》を免《まぬか》れたことは何度かあったが、そればかりではない。彼が運を引き寄せることで、まわりの者を幸せにするということもあった。

まったく流行《はや》っていない店でも、慎吾が入ると五分もしないうちに客で満員になることはしばしばだった。気に入って通っている時、店は繁盛をつづけているが、慎吾がいったん気に入らなくなって通うのをやめると、たちどころに店は閑散としてしまうのだ。

偶然では済ませられなかった。なにしろ、毎日といっていいくらいそうした状況が、彼の回りにはたくさん起こっていた。

今夜、五代美佐子と出会った六本木の居酒屋も同じ状況だった。だからこそ、彼女と知りあうことができたわけだが……。

広い店内には、彼女と連れの女性しかいなかった。慎吾と大学一年の時からの友人の河《か》合宏紀《わいひろのり》が入ってから間もなく、店は混みはじめた。カウンター席で飲み食いしていたふたつのグループが席を詰めていくことになり、結局、五代美佐子と慎吾が隣り合うことになったのだ。

河合の分析によると、

『倉木は都会で快適に生活するための、サバイバル能力に長《た》けている男である』

ということだった。

朋絵もまた、彼の分析の鋭さに唸《うな》った。

彼と朋絵のふたりだけは、慎吾の能力を認めていた。言い換えれば、そのふたりだけしか、慎吾をわかっていなかったわけでもある。

美佐子が微笑んだ。

その笑い声が耳に響き、慎吾は我に返った。

「訊かれることとって嫌い？」

「どうしてですか」

「だっていきなり顔がひきつったようになったもの。ぼーっとしちゃってたわよ。緊張しているんでしょ。それともわたしが面接官に思えたのかしら」

「まあ、そんなところです。そうだ、訊きたいことがあったんですよね」

「そうよ、忘れてなかったみたいね」

「もちろんです」

「真面目《まじめ》に聞きなさい。わたしはこれでも、人を見極める目をもっているの。若い男なら誰でもいいから、ホテルに誘ってベッドインするような女ではないの。そのわたしが訊くの。茶化《ちゃか》すのはだめ、真面目に答えて」

美佐子の表情が一瞬、硬く張りつめた。男と裸で向かい合っている時に見せる女性の眼差しではなかった。瞳の奥から放たれる光は異様に強かった。まるで慎吾の心の奥底に光を照らして見定めようとしている風だった。

「あなたは運が強いと言ったわね」

「ええ、そう言いました」

「証明できる？」

「できます」

「強運の持ち主と断言できる？」

「はい、できます」

「わかった……。それじゃ、もうひとつ。そんなに強運の持ち主がなぜ、会社のひとつやふたつ、合格できないのかしら」

「痛いとこ、突いてきますねえ」

「茶化さないで」

「ぼくはこう思っています。会社というのは、運なんていう不確定なものなど眼中にないんです。だからそうした理由で、ぼくは不必要なんです。それ以外に何か取り柄があるかっていったら、まったくありません。成績はほとんどCばかりで、Aなんて四つ、五つしかありませんから」

「あなた、どこかの宗教団体に所属しているのかしら」

「いえ、どこにも」

「わかったわ。もう訊きたいことはおしまい。いいこと、この出会いがあなたの強運によってもたらされたのか、わたしの運が導いたのかわからないけど、きっとふたりにとって素晴らしい結果になるはず」

美佐子がバスタオルに手を伸ばし、いっきに剝《は》ぎ取った。

話は本当に終わりのようだった。慎吾は戸惑った。彼女の言う意味がわからなかったし、自分はまだ何も訊いていなかったからだ。

「えっ……」

驚いて声を洩らすと、美佐子に引き寄せられた。ベッドに倒れ込む。つい今しがたまで真面目に応えていたせいで、陰茎はすっかり萎《な》えていた。

「話はもう終わりよ」

「だから？」

「わかっているくせに……。さあ、気分を変えて今夜はたっぷり愉しみましょ」

美佐子の低く艶やかな声が耳元で響いた。二一歳の若い男は即座に反応した。陰茎は鋭く尖った。脈動も勢いよく走り抜ける。ふぐりが縮《ちぢ》こまり、陰茎がさらに膨張していく。

陰茎が捉《とら》えられた。
てのひらで包み込むと、圧《お》したり緩《ゆる》めたりを繰り返す。湿り気が陰部全体に拡がってい
る。美佐子のてのひらもねっとりとしてきた。
くちびるが半開きになった。慎吾はうっとりとした。四〇歳を過ぎた美貌の女性が今、
まさに陰茎を舐めようとしているのだ。
今夜は欲望だけに忠実でいることにしよう。就職のことは考えないようにしなければ。
こんなに素敵な年上の女性と肌を重ねているだけでも十分満足すべきだ。
性欲が湧きあがる頭でそう思って、下腹に力を込めた。陰茎が美佐子のてのひらから逃
れようとするかのように大きく跳ねた。その拍子に、先端の笠の裏側の敏感な部分に指先
がすっと這った。
美佐子の頭が動いた。
髪がすだれのように顔に垂れ、表情を隠した。下腹に顔が寄せられる。陰茎を垂直に立
てる。くちびるが先端の笠に触れた。
ためらいは感じられなかった。
くちびるが開いた。
膨張している陰茎は深々とくわえ込まれていった。

3

五代美佐子とは何者だったんだろう。

慎吾は一週間前に出会った美佐子のことを思い浮かべていた。

ほんの一瞬、同じ時間を過ごし、通り過ぎていっただけの女性だろうか。

いくら考えてもそうは思えなかった。

自分の秘めた才能とも呼べる運が彼女を引き寄せたのだ。

体中が痺れるようなフェラチオの感覚や、割れ目に挿入した時の快感がまだ、軀のあちこちに残っていた。それが自分の運の存在を示す証拠のように思えた。

「ふうっ」

慎吾は気分を変えるために、深呼吸をしてからひとつ大きくのびをした。それから軀を投げ出すようにしてベッドに仰向けになった。

手には封筒を持っている。

目の前でそれをかざした。最後の頼みの綱の会社の名前が書かれている。

封を切った。

人事部面接の結果の通知だ。

ゆっくりと三つ折りされた便箋を開く。

息を詰めた。

「お先、真っ暗だ」

慎吾は天井に向かって呟いた。

目を閉じ、寝返りを打った。ベッドの底のほうからスプリングが折れているような、鈍い金属音が這いあがってくる。

「あーあっ」

慎吾はわざと声をあげた。スプリングの音がせつなく耳に響く。

便箋を投げ捨てた。

不合格だ。

四畳半のちっぽけな空間に視線をやった。

襖《ふすま》を外した押入に突っ込んだ勉強机、松嶋菜々子《まつしまななこ》の全身を写したポスター、卒業した先輩からもらいうけた一四インチのテレビとカセットレコーダー、狭い部屋の中央に据《す》えたコタツ、座椅子《ざいす》に投げかけているリクルートスーツ、えんじ色のネクタイ、壁際の本棚。

四年間、いや正確には大学入学とともに上京して以来だから三年と八カ月。その長い年月がまるで意味のないものだったように思え、胸が詰まった。

見慣れているはずの空間が、哀愁を帯びたものに見える。

胸が苦しくなって、もう一度、先程よりもいくらか大きい声をあげた。そんなことをしても気分は晴れなくて、仕方なく、長いため息を吐き出した。

真里さんの顔が浮かんだ。

彼女は苦しい時になると、すっと目の前に現れてくれるのだ。

微笑んでいる。

澄んだ瞳がキラキラと輝く。

透明感のある頬にえくぼができている。そのわずかなへこみに薄い影ができていて、肌の白さが際《きわ》だつのだ。

慎吾はベッドから這い出た。

何かせずにはいられなかった。コタツに置いたレポート用紙を開くと、目の奥に映っている彼女に宛てて手紙を書きはじめた。

真里と三度書き、三度破り捨てた。

もう一度、真里と書いたところで、気持が少しずつ落ち着いてきた。

彼女ならば、困難な状況に遭《あ》っていることをわかってくれると思うと、慎吾は胸を締めつけられるような苦しさから解き放たれていくような気がした。

前略　真里さん
ぼくは今、窮地に追い込まれています。こんなことを書くと心配するでしょうね。でも、ぼくは強運の持ち主ですから、心配は無用ですよ（笑）。

まあ、あなたの前で強がりを言ってもしようがありませんね。就職試験を受けた会社は全滅です。

打つ手を考えなければなりません。

同級生の中には、すでに就職をすっかり諦《あきら》め、フリーターになろうと決めている奴もいます。同じようにしてみたい、という誘惑に駆られますが、それだけは厭なんです。それってきっと、楽だと思うんですが、ぼくは大学受験の時に楽なほうに逃げたので、それ以来、もう二度と、楽なほうに流れることはしないと決意しているんです。このことはまだ真里さんに、伝えなかったことですね。

そうそう。

先日の手紙で、自分の強運について書きましたし、東京の生活ですり減っていた運がふたたび寄ってきているかもしれない、とも伝えましたね。

その首尾についてですが、残念ながらまだ結論は出せません。何事もなく終わる可能性のほうが高い気もしますが、まだぼくは、自分に寄ってきているはずのものが間違いなく幸運だと思って諦めていません。

たぶん、詳しいことを知りたくて、うずうずしているんじゃないですか。焦らすつもりはないので、チラッとお知らせしておきます。実は、真里さんに知っていてもらうだけで、ぼくも安心するんですよ（笑）。

ある年上の女性と六本木の飲み屋で知りあったんです。幸運の源ではないか、と思っている相手です。

あっ、今、誰かが部屋のドアを叩いています。真里さん、ごめんなさい。ちょっとの間、ペンを置きます。後ほど、このつづきを書きますからね。

東京の空の下から君を想って　慎吾

慎吾は立ちあがると、コタツをまたいでドアのほうに向かった。もともと四畳半のアパートだ。部屋の中央に据えたコタツからはほんの三、四歩でドアを開けられる。

ドアの前には、慎吾にとって唯一の男友だちの河合が立っていた。

「よっ、どうだ。就職活動は」

やたらと元気のいい声だった。

河合はすでにうちの大学からはとても入れそうもない広告代理店に入社を決めていた。二部上場の食品会社の取締役社長を務める父親のコネクションを最大限に利用したらしい。そのことを自分で悪びれるところもなく堂々と言うところが憎めなかった。東京の名家に育ったボンボンなのだ。ほかの同級生はそんな河合を嫌っていたが、その嫌っているところが慎吾は好きだった。好意を抱いている者が受け入れられるのは男も女も一緒だ。

慎吾は努めて明るい声をあげた。河合に泣き言をこぼしたところでどうにもならないのは十分、わかっている。

「まあ、入れよ」

「ビール、いるか？」

「いつも悪いな」

「今年の夏は暑かったせいか、お中元はやたらとビール券が多いんだ。換金してもいいんだけど、友情の証《あかし》ってとこさ」

友情などという死語のような言葉を臆面《おくめん》もなく使う。そんなところにも、なぜか慎吾は、自分にはない育ちの良さを河合に感じてしまう。

ずかずかと部屋に入ると、主《あるじ》の場所となっているコタツの座椅子に坐った。慎吾は仕方なく、ベッドに腰をおろした。

「何しに来たんだ」

「今日あたり、おまえの最後の頼みの綱の会社から連絡が来ているんじゃないかと思って
ひやかしにきてやったんだぞ」

「電話で済むだろ、そんなことは」

「おいおい、ずいぶんな言い方するじゃないかよ。どうせ落ちているだろうと思ってな。

で、どうだった。それともまだ、通知が来ていないか」

「来たよ」

「そうか、来たか。どうだ、受かったか」

「だめだ」

「だめか」

「そうだ」

「しようがないさ」

「そういうことだな」

これまですでに一一回、ほとんど同じ会話をつづけていた。ぶっきらぼうな短い言葉に
も、河合の気遣《きづか》いが感じられ、慎吾の気持はささくれることもなく、話すことができた。

「ところで、倉木、おまえは広告代理店に就職を希望していたか」

「たぶんしていないと思うよ。その業界は、コネクションがないと入れない世界だってことは、河合を見てわかっているからな。無駄なところで鉄砲は撃たないのさ」

「本当かあ」

「嘘ついてもしようがないだろ。それともおれの就職のために、ひと肌脱いでくれるつもりか」

「それはないな。自分の頭の上の蝿《はえ》を追っ払ったところで力尽きたよ。それにおまえはそんなことを頼む男ではないはずだよ」

「ほう。ずいぶん、おれのことを買ってくれているってわけだ」

「そう突っかかるなって」

「だってそうだろ、おれだってそんなことは絶対にしたくないけどな、最後の最後はそうするかもしれないぞ」

「いや、ギリギリの状況になっても、おまえはそんなことはしないよ」

「どうしてわかる」

「これでもおれは小学生の頃から、親父に連れられて、会合やらパーティに出ていたんだ。人を見る目はおまえより、ずっといいはずだ。それに今にして思えば、帝王学を教え込まれたと言い換えてもいい。いいか、これから話すことはおまえを勇気づけようと思って考えたつくり話ではないぞ。親父がよく言っていたよ、男には二種類しかいないって。なんだかわかるか」

「なんだ、それは」

「人間には、運のある男と運を持っていない男がいるんだって。そしてこうも言っていたよ、運に気づく男と気づかない男がいるって。おまえさんを四年近く見てきて、親父の言ったことが本当だとわかった気がするよ」

「ありがとう。おれはどうやら、どっちの場合でも後者みたいだ」

「子どもみたいに拗《す》ねたりするなって」

「運のなさを実感しているまでだよ」

「自分で思ってもいないことを言うことないだろ。おまえは間違いなく、前者だよ。まだ目が死んでいるけどな、その奥に、なんというか、不思議な力があるんだ」

「鏡を見てもわからないな」

「見てみたいよ、目に勢いが出てきた時のおまえを。きっとずっと後なんだろうな、その時が訪れるのは」

河合はそう言うと、もう一度、ほんとに広告代理店の就職試験に応募していないんだろうな、と同じことを訊いた。

「何でそんなこと、訊くんだ?」

慎吾はいぶかしげに言う。

「しようがないな、種明《たね》かしするか。二階にあがってくるとこに郵便受けがあるだろ。そこに、こんなものが入っていたんだ」

河合がジャケットの内ポケットから封書を取り出し、顔の前にかざして左右に振って見せた。そしてコタツの上に無造作に投げた。吸《す》い殻《がら》が山盛りになった灰皿やら、食べ終えたカップ麺《めん》の残骸《ざんがい》やらレポート用紙やらが乱雑に載《の》っているコタツ板全体がわずかに揺れた。

封書を手に取った。

慎吾のフルネームが記してある。右下にはうっすらと記憶にある広告代理店の名前が印刷されていた。いくら落ちたといっても、自分の就職希望を出した会社かどうかくらいは覚えている。

「就職のこととは関係ないだろ。おれは応募していないから」

「開けてみろって……。単なるダイレクトメールではないかもしれないぞ。その代理店は、一流半っていうところだけど、ここ数年で信じられないくらい業績を伸ばしている会社だよ」

河合に急《せ》かされ、慎吾は指を突っ込んで封を開けた。

信じられなかった。

二次審査の合格通知だった。

重役面接の日取りまで書いてあった。便箋に書かれている姓名も間違いなく、倉木慎吾だった。

河合がベッドの下に押し込んでいた就職案内の分厚い雑誌を引っぱり出した。その代理店についての情報の載っているページを開くと声をあげて読みはじめた。

本社、新宿区西新宿。従業員数五九四名。社長、金井美貴子《かないみきこ》。電波媒体に強く、近年インターネット広告の分野にも力を注いでいる。初任給昨年同等。ボーナス昨年同等。募集人員、若干名。

「倉木、水臭いぞ。優良企業だぞ、ここは。どうして黙っていたんだよ」

「そんなの知るか」

「知るかって……」

「おれはそんな会社、知らないし、試験を受けてもいないんだ。タチの悪いいたずらではないだろうけど、ひどい間違いだ」

「間違いなんてこと、あるのかよ、おい」

「知らないよ、ほんとに」

「若干名ってことは多くて三、四人の採用人数だろうな。すごいじゃないか、重役面接まで残れて」

しつこく河合が訊いてきた。

心配していいのか、喜んでいいのか決めかねているようだった。育ちのいい男は基本的に、満たされた生活を送っているためか、他人の幸福や幸運をさほど妬《ねた》まない。強運を持っていると信じている慎吾にとってはつきあいやすいのだ。

慎吾はその代理店に問い合わせてみることにした。河合もそれに賛成して、もし本当だったら、朋絵さんに報告してやるからな、彼女、きっと喜ぶはずだぞ、と言うとご丁寧《ていねい》にも番号を押しはじめた。

軽やかな声の女性が最初に電話口にでた。間違いかもしれない、ということは言わずに重役面接のことで訊きたいと伝えると、人事部にまわしてくれた。人事部では低い声の男性が応対した。

結局、電話は三分ほどで終わった。

座椅子に坐って聞き耳を立てていた河合がうれしそうに声をあげた。

「よかったな、本当だったみたいじゃないか。重役面接をクリアすれば、ふたりは揃《そろ》って広告業界の人間だ」

いくら囃《はや》したてられても、慎吾はまったくピンとこなかった。それどころか、これは何かの罠《わな》かもしれないとさえ思った。「おかしい」「変だ」と言っていると、

「誰かが手を回してくれたんじゃないか。コネがないとかなんとかこぼしておきながら、ほんとは強力なコネクションを持っていたんだな」

と、河合が感心したように言った。

咄嗟《とっさ》に慎吾は、五代美佐子の妖《あや》しく輝く顔を浮かべた。彼女の強運がもたらしてくれたのかもしれない。いや、おれの強い運が彼女と出会うように仕向けてくれたのだ。そんなことを思っていると、自然と口元がほころんでいた。

日が暮れると、朋絵が部屋を訪ねてきてくれた。河合が電話をして、あらましを話してくれたのだ。朋絵と入れ替わりに、河合はさっと帰っていった。彼の言葉によると、引き際があっさりしているのは育ちのせいではなくて持って生まれた性格、ということだ。

朋絵と会うのは久しぶりだ。

「やっ、元気していたかい」

「就職試験、いいところまで行っているみたいね、よかったわ」

「短い髪もいいね」

「倉木君、メーカーを希望しているものとばかり思っていたのよ。それが河合君と同じ業種だなんて、びっくりしちゃったわ」

「何かの間違いってやつだよ」

「それでもいいのよ、会社なんて入ってしまえば、何とかなるはずだから」

「ところで朋絵のほうはどうだい」

「わたしはちっともうまくいっていないわ。日本ってほんと、だめな国よ。女性を大切にしないんだから」

会話がぎくしゃくしているが、それを承知で慎吾は話しつづける。彼女の言葉遣いからすると、苛《いら》ついているように聞こえるがそうではない。彼女は照れているだけだ。ストレートに感情を表すのが苦手《にがて》でもある。で、ついつい、誤解されてしまうのだ。そんな性格だから、就職の面接がうまくいくはずもない。彼女とは大学一年の夏休みがはじまる直前からつきあっているから、そのあたりのことはよくわかっていた。

「はい、これ、陣中見舞い」

朋絵がスーパーマーケットの袋を渡した。牛肉が入っていた。奮発《ふんぱつ》して最高級の松阪《まつさか》牛を買ってきたのよ、倉木君の前途を祝うにはこれくらいのことしないとね、とうれしそうに言うといきなり、台所に立った。

お米はちょうど切れていたし、野菜をストックしているわけでもなかった。料理道具と呼べるものはフライパンと鍋《なべ》だけなのだ。

それで彼女がなにをつくろうとしているのか。外食すれば済むことだ。

慎吾は背後から近づいた。

白い首筋からほんのりと甘い香りが漂ってくる。女体特有の甘さだ。

「塩とコショウくらいはあるでしょ」

「いったい何をつくるつもりだ」

「だから言ったでしょ、松阪牛だって。おとなしく待っていなさい」

言われるままに待っていると、香ばしい匂いが部屋に漂いはじめた。三〇〇グラムはありそうなステーキだ。大皿はひとつしかなく、それを朋絵に使わせ、慎吾はフライパンのままで食べることにした。

焼いて食べた。

哀しくなるくらい単純な料理だったが、牛肉そのものが上等だったせいか文句のつけようがない美味《おい》しさだった。

「あなたの就職のお祝いのこと、ずっと前から考えていたの」

包丁で切り分けた肉片を箸《はし》で摘《つま》みながら朋絵が言った。

「バッグとかネクタイでもプレゼントしてくれるつもりかい」

「何、言ってるの。このお肉がお祝いよ」

「あっ、そうか、ごめん。気づかなかった」

「ひどいなあ。プレゼントだとわからなかったくらいだから、わたしがお肉を選んだ意味、わからないでしょうね」

「意味？」

「お肉屋さんに行って、そうね、一〇〇グラム数千円の上等なお肉を眺めているでしょ。そうするとね、いつもあなたの顔が浮かんでいたの。このお肉は倉木君みたいだって」

「おれは肉か」

「いいもの持ってるのよ、君は」

「なかなか買われない肉ということだな」

「そうなの。普通の人が見た時、そうね、普通の人の本能かもしれないけど、あなたの奥底に潜む何かを感じて、咄嗟に避けてしまうのよ。お肉だってそう。一〇〇グラム一万円の高級品があっても、普通の人ってきっと、見向きもしないものよ。その美味しさがわかる人や見る目をしっかり持った人だけが、じっくり見て、買おうか買うまいか決めると思うの」

「どういうことだい」

「あなたは、一〇〇グラム一万円の高級なお肉だってこと」

「さすがに文学部哲学科に在籍しているだけのことはあるな。よくわからない話だ」

「これでも真面目に話しているつもりなんだから」

「そんなことより、おれは朋絵の生肉のほうが欲しいな」

慎吾はそう言うと、横に並ぶようにして坐った。抱きかかえる。ゴールデンウィークに箱根に旅行に行って以来だね。朋絵の耳元で囁《ささや》くと、頬にくちびるを寄せた。

朋絵の肩が、ビクリと震えた。顔を寄せると、それに合わせるように口を開いた。

「半年、待たされたんだぞ」

慎吾はくちびるを重ねた。

朋絵の薄いくちびるが震えていた。それは薄い割には弾力に満ちていた。慎吾の脳裏に一瞬、五代美佐子のくちびるのやわらかみが浮かんだが、そんなことをこの場で考えるのは不謹慎だと思って頭から追い出した。

舌を差し入れると、すぐに朋絵が応えてきた。舌先同士で突っつきあう。飽きると互いの舌を吸いあい、それが済むと口全体を交互に吸いあった。松阪牛の肉汁の匂いはほどなくして消えていった。

半年ぶりのキスは慌ただしかった。愛撫もまたせわしなかった。性欲が高まるほどに忙しいものになった。

それはお互いに思いやる気持が強かったからだ。自分の快感をおざなりにしてでも、相手に気持よくなってもらいたかったのだ。

首筋に舌を這わせる。肩口から耳の裏側まで触るか触らないかの微妙さを保ちながら、いっきに舐めあげる。

そのまま同じところへは戻らず、うなじに回り込み、髪の生え際をくちびるで触りながら下りていく。その一連の愛撫は朋絵の性感を刺激するひとつだった。

「ああっ、覚えていてくれたのね、すごく素敵よ」

「もちろん、忘れるわけないだろ」

「半年ぶりね」

「我慢できなかっただろ」

「ううん、平気よ。女は気持のほうを大切にしているからなんとかできるの。男の人はだめなんでしょ」

「…………」

「無理に応えなくていいわ。わたし、男の人の生理のこと、理解しているつもりだから」

「そんなこと、今、この場で言わなくてもいいだろ」

「ううん、言いたいの。今だからこそ、言いたいの。わたしはね、寛容な女ではないけど、あなたなら許せるのよ」

「そうか?」

「うん」

「素直に喜んだほうがいいことかな。それとも……」

「えっ、それとも?」

「おれは諦められているのか」

「そんなことないわ。だから、許せるためには条件をクリアしないとだめなの」

「条件か」

「あなたが最高級の松阪牛とわかっている女性なら、仕方ないと思っているの。わかるでしょ。だから、あなたが欲望に任《まか》せて、誰彼かまわずやっちゃうことは、絶対、絶対、許せないのよ」

朋絵が切れ切れに言った。軀が火照《ほて》りはじめている。頬から首筋にかけて、鮮やかな朱《しゅ》色に染《そ》まりはじめていた。

背中に指を回し、ワンピースのファスナーを引き下ろした。もわりとした甘い香りが胸元から湧きあがった。胸元に顔を埋めると、舌で乳房を舐めた。

4

重役面接の通知が来た後は、何事もなく過ぎていった。

朋絵とはその後、連絡をとっていたが、彼女はまだひとつも戦果をあげるまでには至っていなかった。今ならまだ、大学院の試験にギリギリ間に合うから、それも選択肢のひとつにするということだった。

就職の決まっている河合からは数日前、明日からハワイで十日間ばかり遊んでくるわ、という浮かれた電話がかかった。

明日、重役面接がある。

気持がざわつき、どうにも落ち着かない。あの晩、別れ際に自宅の電話番号を訊かれ、素直に教えたのに、五代美佐子からは、一度も電話がかかってこなかった。慎吾のほうからかけようにも、番号を教えてもらっていなかった。

彼女から必ず連絡がある。

慎吾は確信していた。だから家をあけるわけにもいかず、ただひたすら部屋で待機しているほかなかった。

いくら考えても彼女以外、こんな工作をしてくれる人など考えられなかった。真里さんが手を回してくれたのかなとも思ったが、田舎《いなか》にいる同い年の彼女がそうした力など持っているはずがないので、心当たりとして浮かぶ人物は五代美佐子しかいなかった。

インスタントラーメンを鍋のまま食べた。汁の残ったアルミニウムの鍋をコタツに置いた時、電話が鳴った。

「もしもし、憶えていらっしゃるかしら」

穏《おだ》やかな口ぶりの女性の声が受話器から響いてきた。慎吾は軀を硬くした。

五代美佐子だ。

やっぱり、彼女だったんだ。

おれは間違いなく、強運の持ち主だ。

慎吾はひとつ短く咳《せき》払いをした。

「忘れるはずがありません」

「届いたようね」

「面接の通知ですね。届きましたよ。応募もしていないのに、いきなり重役面接ですからね、驚きました。嘘じゃないかと思ったくらいですよ」

「わたしが応募しておいた、とでも言っておくわ。あなたは運が強かったのよ、これから先はもっと、その運を磨《みが》きなさいね」

「感謝してます」

「いいのよ、そんなことは。持って生まれた運の強さに感謝しなさい」

「はい……」

「で、これから会えるかしら」

「もちろんです。ずっと電話を待っていたんですよ」

待ち合わせ場所は先日のホテルだった。すでに部屋に入っているということで、ルームナンバーも教えてもらった。一時間後に訪ねるということで、電話を切った。

銭湯に行っている時間はなかった。慎吾はお湯を沸かすと、濡れタオルで軀を拭《ぬぐ》った。指定された新宿のホテルのロビーには、約束の時間の十五分前に着いた。ラウンジのソファで時間を潰《つぶ》してから、二一階まであがった。

今日の部屋は、先日の隣だった。

腕時計を確かめてから、ドアをノックする。待ちかまえていたように、すぐにドアは開いた。そこには五代美佐子が立っていた。

足首まで隠れる長いスカートを穿《は》いていた。グレーのブラウスの上に、カーディガンを羽《は》織《お》っていた。長い髪がツヤツヤと輝いている。化粧品の甘い香りが漂う。

「時間、ぴったり。いい子ね。さっ、いらっしゃい」

誘われるまま、慎吾は部屋に入った。カーテンは開いたままだった。西新宿の高層ビル群が目の前に広がっている。

窓際のソファに坐った。テーブルにはシャンパンが冷やされていた。グラスがふたつ、それとチーズのおつまみ。ルームサービスを頼んでいたようだ。

「まずは乾杯しましょ」

美佐子が華《はな》やいだ声をあげた。

命じられるまま慎吾はシャンパンの栓《せん》を抜いた。

グラスに注ぐ。どの程度の量を注げばいいのかわからず、半分くらいに抑《おさ》えた。注意されるかもしれないと思ったが、何も言われなかった。美佐子が微笑みながら、グラスを掲《かか》げた。慎吾もそれにあわせるようにグラスを持って掲げた。

「倉木君の強運に」

「えっと、美佐子さんの運にも」

グラスを合わせた。

慎吾は内心、異様に高ぶっていた。ルームサービスで頼んだものを口にするなんて経験は初めてだった。それにスパークリングワインなら飲んだことはあるが、シャンパンもまた初めてなのだ。極薄のグラスは、強くぶつけると割れてしまいそうなくらい繊細だった。

美佐子がくちびるを濡らす程度に口をつけると、グラスを置いた。慎吾もわずかに口をつけただけで、味わえるまでは飲まなかった。彼女の動きをなぞるように、グラスを置こうとすると、

「あっ、いいの、そのままで」

と、止められた。

視線が絡んだ。頬がほんのりピンク色に染まっていた。いつの間にか、瞳の潤《うる》みが増していた。

「口移しで、飲ませて」

幼さの混じった甘えるような口ぶりだ。それまで緊張のためにパンツの中で縮こまっていた陰茎にすっと力が入った。弱々しいけれど陰毛の茂みから起きあがる。皮がめくれる。その拍子に、皮の中に陰毛が巻き込まれ、微かに痛みが走った。

美佐子が長い髪を梳《す》きあげると、腰を浮かせよろよろと歩きだした。近づいてくる。足

元に坐ると、慎吾の太ももに上体をあずけてきた。慎吾はグラスを持ったまま、膝に力を込めて受け止めた。

「ねえ、口移しで、お願い」

慎吾はシャンパンを口に入れた。

一度目は炭酸の刺激の強さに驚いて飲み込んでしまった。顎をあげたまま美佐子が待ち受けている。二度目は飲み込むことはなかった。腰を折ると、くちびるを近づけた。

くちびるを重ねた。

美佐子の口が開いた。

慎吾は慎重にくちびるを開いていく。シャンパンを少しずつ流し込んでいった。微かに喉が鳴っている音がした。

口にふくんだシャンパンをすべて移し終えると、美佐子の舌が入ってきた。舌先がさらさらとしていた。くちびるの内側を撫でるように舐めあげる。性感を刺激する舐め方だ。時折、膝から太もものつけ根にむかってマッサージをするように撫でた。

「ふうっ、とっても美味しかった」

くちびるを離した美佐子が、うっとりとした声をあげた。頬を太ももにあてる。その火照りがズボンの生地《きじ》を通して伝わる。

このまま軀を重ねることになりそうな予感がした。その前に、慎吾には訊いておかなければいけないことがあった。

「あの……、ちょっといいですか」

「なあに。こんなに気持がいいんですもの、面倒な話はしないでくださるわね」

「もちろんです。ぼくも厄介《やっかい》な話は苦手ですから。率直に訊きます。どうして就職の世話をしてくれたんですか」

「そのことなら、この前、言ったはずよ」

「言いましたか？」

「忘れたのかしら。ほら、わたし、訊いたでしょ、君の運のこと。運があるかどうか、はっきり確かめたはずよ」

「そのことなら憶えています」

「それで十分ではないのね。運というのは大きなうねりというか強い流れみたいなものでしょ。そのうねりを見極められるかどうか。そしてそのうねりに乗れるかどうかよ。乗ることができたら、もう、誰にも止められない。乗っている本人にだって止められない。あなたは強運の持ち主だからこそ、そのうねりに乗れたの。さあ、これで十分わかっていただけたかしら」

「なぜ、その会社に推薦してくれたんでしょうか」

「あなたの運の強さが結びつけた、といっていいわよ。その会社の社長はわたしの知り合いで、金井美貴子さんという女性。彼女、わたしとふたつしか齢が違わないのに、業界でも指折りのやり手なの。彼女がなぜ、成功したかわかる?」

「何か特別な才能があったんですか」

「才能と言えば才能ね。彼女、学歴よりも運をもっている人を社員に選んできたの。実際の仕事に結びつかない勉強ができたって、しようがないって言っているわ。それより、運の強い者を集めたほうが、よっぽど会社がうまくいく、と信じているのよ」

「社長さんがなぜ、美佐子さんの言うことを聞いてくれるんですか」

「もっともな疑問ね。その理由、あなた、訊きたい?」

美佐子が顔をあげた。まくしたてるように話したにもかかわらず、瞳は変わらず潤んでいた。話をした程度では、高ぶりは去っていかないらしい。

慎吾のほうはしかし、そうはいかなかった。陰毛の茂みから立ちあがりかけていた陰茎はすっかり力を失い、茂みに姿を隠している。下腹に力を込めても、それは応えない。

「わたしたち、女性だけのグループがあるの。メンバーはほとんど、第一線で活躍している人ばかり。詳しくは言えないけど、有名な女性も加わっているのよ」

「そのグループと今回のことと、どんな関係があるんですか」

「ねえ、倉木君」

いきなり美佐子の口調が変わった。説明調のはきはきしたものから、甘えているような響きが含まれるものになっていた。

太ももを撫でられる。時折、指先が肉を摘《つま》んでは離す。てのひら全体で圧《お》すように太ももを愛撫することもあった。

「ねえ、倉木君」

美佐子がもう一度、繰り返した。

「何でしょうか」

「明日、重役面接でしょ。あなた、受かりたい？　それとも、ほかの会社を探すつもりになっているのかしら」

「美佐子さんはさっき、言ったでしょ。うねりに乗ってしまったらもう、誰にも止められないって。乗っている本人も止められないんですよね」

「そうよ。だけどまだ、うねりから逃げるチャンスはあるわ」

「逃げる？」

「大げさに考えないでね。ただ、入社してしまえば、わたしや金井社長やわたしたちのグループとの関係が終わりにできるなんて思わないで欲しいの」

「なんだか、怖いですね」

「だから大げさに考えたり、深刻に思ったりしないで欲しいって言ったの」

「グループとの関係をつづけるってことが、よくわかりません」

「しようがないわね、はっきり言うわ。これは交換条件だと思ってちょうだい。君はわたしたちのグループとつきあうことを呑めば、入社できるの。もちろん、君を拘束《こうそく》するつもりなんか毛頭ないわ」

美佐子の説明は要領を得なかった。ただ、漠然《ばくぜん》とではあるが、グループのメンバーで若い男を緩やかに囲い込む、と言っているように思えた。

「ひとつ訊いていいですか」

慎吾は背筋を伸ばした。

「交換条件と言いましたけど、ぼくの運の強さのことより、グループの皆さんとつきあうことのほうが優先されるってことですね」

「うーん、どちらとも言えないわ」

「若いツバメをメンバーで囲うということですか」

「そんなはしたないこと、しないわ。ただね、時々一緒にお酒を飲んだりするだけでいいの。深刻に考えちゃだめよ」

美佐子はそう言うと、押し黙った。本音を言おうとしているようにも、話すことがなくなり決断をうながす沈黙をつくっているようにも思えた。

どうすべきなのか。

慎吾は生唾《なまつば》を呑み込んだ。

美佐子がつくりだす沈黙が腹の底にずしりと響いてくる。

どうすべきなのか。

もう一度、唾を呑み込んだ。喉が微かに鳴る音が響いた。

第二章　女運の分かれ道

1

頬がほんのり赤らみはじめている。五代美佐子の表情が艶やかになっていく。

つい今しがた、口移しで飲ませたシャンパンがきいているようだ。上気した表情のまま美佐子がソファに軀《ふく》をあずける。のけ反《ぞ》りながら両手で髪を梳《す》きあげる。豊かな乳房の膨らみが強調されている。

倉木慎吾はチラッと彼女の胸元に目を遣《や》った。カーディガンの下に着ているグレーのブラウスのボタンが、いつの間にか上からふたつ、外されていた。

横に坐っている慎吾の位置から、ブラジャーの縁《ふち》が見える。ブラウスの色味に合わせたらしい銀色に近い色合いだった。

シティホテルの部屋に艶やかな女性とふたりきりでいるのだ。普段ならば陰茎がそそり立って、膨張をつづけてもおかしくないのに、すっかり萎《な》えてしまっている。すでに陰毛の茂みに埋まっていて、たるんだ皮が先端の笠を三分の一程隠している。

慎吾の戸惑いはつづいていた。

沈黙が重かった。

どうすればいいんだ。

胸の裡《うち》で何度も呟いた。

明日の重役面接の合否は、慎吾の決意次第だということがはっきりしている。美佐子に今、イエスと答えれば、彼女が広告代理店の社長の金井美貴子にその旨《むね》を伝えるだろう。しかしそのイエスがなかなか言えない。

慎吾はもう一度、彼女が提示した条件を脳裏《のうり》に浮かべた。

五代美佐子や金井美貴子が加わっている女性だけのグループがある。美佐子の口ぶりからすると、ほかのメンバーも第一線で活躍しているビジネスエリートのようだ。そのグループの女性たちと愉《たの》しい時間を過ごすのが条件らしい。その中にはベッドをともにすることも含まれているようなのだ。

はっきりそう言われたわけではないが、美佐子の艶やかな笑みや思わせぶりな表情から推《お》して、間違いなさそうだった。

就職を決めたい。目の前にそれがぶら下がっている。しかもその会社は、インターネット広告を含めた新しい広告戦略を打ち出し急成長を遂げている広告代理店だ。

何度となく思い返してみたが、それでもなお、承諾できなかった。イエスと言ってしまうことが、自分の魂を売り渡すことにつながるような気がしてならなかった。

「ねえ、どうしたのかしら」

口元に微笑を湛《たた》えたまま、美佐子が囁くように言った。

甘い息がふっと首筋にかかる。湿り気を帯びているそれは、肌にべたりと張りついたまま離れていかない。重ね塗りをするように、さらにねっとりとした生温《なまあたた》かい湿った息を吹きかけられた。

「ねえ、どうして黙っているのかしら。わたし、君に無理なことを言っているとは思えないんだけどなあ」

「すみません。ちょっと考えたいんです。明日、重役面接の時、社長さんにお伝えするのではいけませんか」

「うーん……。わたしには言いたくないのかしら」

「そんなことはありません。今夜、もう一度、ゆっくり考えてみたいんです」

「運は待ってはくれないわよ。幸運を摑めるかどうか。強運の持ち主ならば、ここで摑まないはずないと思うけどなあ」

「それがはたして自分にとっての幸運かどうか。それを見極められるかどうか、ということでもありますよね」

「なかなか、口が達者ね」

ゆっくりと目を閉じると、美佐子が乳房を隠すように腕組みをした。考え事をしている表情だったが、頰の赤みは消えていかない。ほんのりとした甘い香りは、シャンパンを口移しで飲ませた時よりも濃くなっている。

「しようがないわね。いいわよ、それでも。でもね、ちょっと真面目に考えすぎているんじゃないかしら。まるで自分の運命がこれで決まるみたいに考えているみたいねえ」

「ある意味、そうではありませんか。ひとつの会社に一生勤めるなんてことは考えられませんけど、だからといって、最初の就職先がどこでもいいなんてことはありませんから」

「最初が肝心《かんじん》なことは認めるわ。だからこそ、美貴子の会社はぴったりだと思うわよ」

「そう思うんですけど……」

「自分の強運を信じることとね。わたしと出会ったことこそ、君自身の運の強さだと思いなさい。あなた、強運の持ち主だということを信じて疑っていなかったでしょ」

慎吾は力強くうなずいた。

そのおかげか、煮え切らなかった気持がいくらか整理できた気がした。

顔をあげると、ガラスの向こうに新宿の高層ビル群の光が目に入った。そしてベッドサイドのオレンジ色のライトとともに、ガラスに映《うつ》り込んだ自分の顔に気づいた。

はっとした。

母に似ていた。

鏡で見るよりも似ている。

喉がうっと震えた。

母は貧しさを呪《のろ》い、父を罵倒《ばとう》しながら生きている女だ。そんな女の顔と似てきたことに身震いした。高校生の頃は、ひどく軽蔑《けいべつ》していたが、ひとり暮らしをするようになって苦労しているためか、それとも母と会うことがほとんどなくなったためか、蔑《さげす》むような気持は薄くなっていた。

母の姿がくっきりと浮かんだ。

ガラスに映る自分の顔にだぶる。

母がくちびるを動かしはじめた気がして、慎吾は慌てて目をつぶった。母の掠《かす》れた声が耳の奥で響きはじめた。せめて一年に一度くらいはパーマをあてたいよ、とぶつぶつ言っては櫛《くし》で頭皮をかき、借家暮らしをつづけなくちゃいけないのはあんたのせいだよ、あんたと結婚しなければよかった、もっと働き者かと思っていたのに、酒ばっかり飲んで、まったく、いやだ、いやだ。ステテコ姿の父に向かって呪文のように言葉を投げつけている姿がはっきり見えた。

慎吾はふうっと小さくため息をついた。

気性の荒い母だった。

それだけ文句を吐《は》いてもおさまりがつくことはなかった。

きまって慎吾が呼ばれた。そして父に聞こえるように、女の人生はね、男によって決まるんだよ、わたしと同じ商業高校に、わたしより成績が悪くて、わたしよりずっとブスの同級生がいたんだよ、その子、卒業すると看護学校に進んで准《じゅん》看護婦になったの、そしたら泌尿器科のお医者さんと結婚しちゃったのよ、わかるかい、学歴はほとんど同じなのに、彼女は医者と結婚して夏になると軽井沢《かるいざわ》の別荘に避暑に行くんだ、わたしはうちわをあおぎつづけて夏を乗り越えているんだ、ひどい違いだと思わないか、慎吾、まったく……、なんて運がないんだろ、ちょっといい男だと思ったばかりにポーッとなっちゃったんだ、後悔してもしきれないわ、と真顔《まがお》で嘆《なげ》くのを聞かされつづけたのだ。

運というものについて考えるようになったのはきっと、母の嘆きを理解できる年齢になった頃のはずだ。

大学に入ってからは、少しは視野が広がり、母からの一方的な見方だけに縛られることはなくなった。

父に女運がなかったばかりに、母のような後ろ向きの人生を送る女と出会ったのではないか。そんな見方ができるようになっていた。

そうして慎吾が得た結論は、父の二の舞のように生きるのはごめんだし、そんな女を選んではいけないということだった。

今がその教訓を生かすチャンスなのか。

そうだ、そうに違いない。

慎吾同様、五代美佐子もまた、強運の持ち主だと自負している女性だ。彼女が自分を選び、自分は彼女を選ぶ。自分の運を信じる勇気がみなぎりはじめる。慎吾はずっと気持が落ち着いていくのを感じた。

「ねえ、いらっしゃい」

美佐子が細くて白い指を伸ばしてきた。ブラウスの胸元が大きく上下に動く。呼吸をするたびに、乳房のたっぷりとした豊かな膨らみが波打つ。シャンパンの香りが拡がる。

貧乏学生の慎吾にとっては、ルームサービスで頼んだものを口にすることも、シャンパンを飲むことも初めてだった。そうした豪華な雰囲気に加え、シャンパンそのものにも酔っていた。

ソファから立ち上がった美佐子がベッドに軀を投げ出し、横になった。

「ねえ、きて」

長い髪を指先で梳きあげた。うっとりとした表情で視線を送ってくる。充血した目に潤《うる》みが増し、それが濃い膜のように拡がっていく。瞳がシティホテルのオレンジ色の間接照明を映し込みはじめる。

彼女の誘いに応えることが、イエスということになる。慎吾は咄嗟《とっさ》にそう理解した。

「はい……」

おずおずと応えた。

軀がブルンと震えた。肌が張りつめた。腹の底がうねるような感覚が拡がった。

息苦しくなって、ソファから立ち上がるのを思いとどまった。

運を選んだ。

確かにそう思った。

運というものはこれまで、向こうから自分に向かってやってくるものだった。幸運と信じ、選ぶことなどなかったのだ。

美佐子の表情をうかがった。瞳の潤みがさらに拡がっている。ストッキングがキラキラと輝く。膝が緩《ゆる》み、細い足首にわずかにたるんだストッキングが鈍い光を放つ。

艶やかな笑みを四一歳の女性が浮かべている。酔っているようにも、緊張感に包まれているようにも思える。いずれにしろ、イエスと認識したようだった。

慎吾はソファから立ち上がった。

命令されたから従うのではない。

魂を売ったつもりもなければ、中年女性のグループの若いツバメになったという意識もなかった。それでもしかし、運を選んだからには、文句は言わない、と腹を決めていた。

美佐子に寄り添うように横になった。ベッドのスプリングが軋《きし》み、微《かす》かに金属音をあげた。口移しでシャンパンを飲ませた時よりも、美佐子の軀から放たれる甘い香りが強くなっている。

慎吾の陰茎に力が蘇《よみがえ》ってこない。萎えたまま陰毛の茂みの中で息をひそめている。腹筋に力を込めても、起き上がる気配も、強い脈動の兆《きざ》しもなかった。

くちびるを寄せていく。

熟《う》れきった四一歳の濡れたくちびるが半開きになる。白い歯だ。唾液の小さな泡粒《あわつぶ》が歯に絡みついている。

舌を差し入れた。

泡粒が音をあげて弾けた気がした。

すぐに尖った舌が応えた。舌先で突っつき合う。唾液を送り込むと、喉を鳴らして呑み込む音が伝わる。

気持の高ぶりがようやく戻ってきた。

陰毛の茂みに隠れている陰茎に脈動が走り抜けた。それをきっかけに、茂みから立ち上がった。先端の笠を三分の一程隠している皮がめくれた。

美佐子のヌルヌルしている舌がうねる。指先も同時に動きはじめ、陰茎の状態をはかるようにすっと撫でていった。

「ふふっ、逞《たくま》しくなってきたわね」

「ふっきれたからです、きっと」

「よかった……。今夜はもう、難しい話はやめましょ。ねっ、いいわね」

「はい、五代さん」

「なんだか照れちゃうわ、そんな堅苦しい言い方されちゃ」

「だって、どんな風に呼んでいいのか、ぼく、わかりませんから」

「美佐子でもいいし、お姉さんって呼んでもいいわよ。それともわたしのこと、おばさんとでも言いたいのかしら？」

「とんでもない……」

「ふふっ、可愛いわねえ」

「ぼく、名前を呼ぶよりも、お姉さんのほうがいいです」

「ああっ、なんだかとってもいやらしい感じがしてきたわ」

美佐子が軀をくねらせた。汗ばんだ額が、オレンジ色の明かりを反射している。胸元が赤みを帯びてきていて、それが肩口まで拡がっている。口の端に唾液の粒が溜まっていて淫《みだ》らな表情に見えてならない。

ごくりと唾液を呑み込んだ。

喉の鳴る音が響く。それが聞こえたらしく、美佐子が微笑んだ。包み込むようなやさしさに満ちた笑みだった。

こわばっている慎吾の気持がゆったりとしていく。ふいに、この人と一緒ならば、魂が穢《けが》れることはないだろう、と思った。根拠などなかったが、彼女の微笑がその証拠に思えて、自分の強運は生きている、と感じた。

ブラウスのボタンを外した。

目を閉じている。仰向けになったまま、両手を広げた。銀色に輝いているブラジャーが現れた。刺繍《ししゆう》を施している豪華なものだった。深い呼吸をするたびに、乳房が胸元のほうに流れ、すそ野が広がった。

腋《わき》の下のあたりから甘い香りが強く湧きあがってくる。厭《いや》な臭いではない。それどころか、深いところに横たわっている男の性感を喚《よ》び起こされる感じがしてならない。

よく手入れされている腋の下に、慎吾はくちびるを近づけていった。

脇腹から腕のつけ根にかけて、唾液をあまり載せずに掃《は》くようにして舐めあげた。ツヤツヤの肌の上を舌が滑《すべ》っていく。舌先がわずかに痺《しび》れる。美佐子の鼻息がいくらか大きくなった。

「倉木君、ああっ、よくわかっているのね、そこ、女のツボよ」

「そうなんですか」

「しらばっくれて……、意地悪なんだから。大学生なんだからそのくらい、知っているでしょ。これではまるで、わたし、ああっ、淫乱みたいに思われちゃう」

「そんなことありません。お姉さん、とっても素敵です」

自分の言った淫乱という言葉に誘われるように、美佐子の軀が小刻みに震えだした。ほんのりと赤みを帯びている胸元の色合いが深みを増し、赤黒くなってきた。

慎吾はやわらかみのある背中に指を差し入れる。美佐子がわずかに背中を反らして、べッドと背中との間に隙間をつくって助けてくれる。ブラジャーのホックを外した。締めつけられている乳房が解き放たれ、胸元に豊かな乳房のすそ野が広がった。

乳首はすでに硬く尖っていた。

乳輪が乳房から盛りあがっている。その張りつめ具合が艶やかで、若い女性にはない色香が感じられる。

腋の下から乳房の下辺に回り込んだ。充実した房だ。ブラジャーに締めつけられた痕《あと》が赤く残っている。その痕に沿って、乳房のつくる谷間に舌を這《は》わせていった。

そうしている間に、左手でスカートの中に手を入れた。舌と手の両方に意識を集中させる。ストッキングのざらつきを指先に感じる。

股間に向かっていくにしたがい、そのざらつきに湿り気が混じる。美佐子の舌先から力が抜け、舌を丸める。どうしたんだろう、と思って慎吾が舌先で突っつくと、彼女が舌の裏側の筋のないヌルヌルしたところで微妙な愛撫で応えてきた。

左手の指をさらに、股間に向かわせた。美佐子の舌の愛撫が勢いをつけてくれたようだった。ふくよかでやわらかい太ももだ。つけ根に近づくと湿り気が強くなった。

陰部に触れた。

「あっ……」

慎吾の舌から逃れるように顔をそむけた途端、呻《うめ》き声が美佐子のくちびるから洩れた。
陰部のあたりがもっとも濡れている。陰毛の茂みの凹凸《おうとつ》をストッキング越しに感じる。
慎吾は彼女の敏感な芽の在処《ありか》にあたりをつけると、指先に力を込めていった。

2

前略　真里さん

昨夜はすごく疲れました。いったいぼくは、何をしているんでしょうね。これから重役面接があるというのに。躯がいうことをききません。

帰宅したのは早朝でした。

女性と一緒だったのです。

あなたならきっと、軽蔑することはないと思いますからはっきり書きますが、以前からお知らせしている同級生の朋絵さんと一緒だったのではありません。

年上の女性です。

彼女と朝までいることが、就職するために必要なことだったのです。これはぼくの勝手な思い込みではありません。

軀を売ったなどとは思わないでください。残念ながら（？）、売れるような肉体でもありませんからね。

ところで、ぼくは昨夜、とても不思議な経験もしました。自分に備わっている強運がこの出会いをもたらしてくれた、という気がしたんですね。

それともうひとつ。

同級生にはない魅力が年上の女性にはあるものなんですね。経験のさほどないぼくでも感じるんですから、もっとゆとりがあったら、すごく愉しかっただろうなあ、などと不謹慎なことを考えました。

東京は怖いところなのでしょうか。そんなことも考えながら、新宿駅から電車に乗って帰ってきました。人を喰い散らかして平気な都会なのかもしれません。でもぼくは喰われているわけではないので、どうか、安心してください。

これから台所でお湯を沸《わ》かして、洗面器で軀を洗います。銭湯はあいていないはずです。汗を流してさっぱりしたところで面接に行くつもりです。健闘を祈っていてくださいね。

朝陽の中で君を想う　慎吾

真里に宛てた手紙どおり、お湯を沸かした。どんなに気をつけても飛沫《しぶき》が落ちるから、擦《す》り切れたバスタオルを床に置く。一口コンロをシンクとは反対側の壁際に寄せる。一回の湯沸かしでは足りない。躯を洗う時は、流しにあがって、シンクの中に足を入れるのだ。足し湯を沸かしている間、シンクの縁に腰をおろして待っていなければならない。コンロが近いと火傷《やけど》しかねないのだ。

今のこの光景と同じ情況を、友人の河合宏紀がたまたま、初めて見た時、絵に描いたような貧乏な姿に感動したぞ、おまえは苦労しているからこれから先きっと、幸運がついてまわるはずだからいいなあ、と誉《ほ》めているのか馬鹿にしているのかわからない感想を真顔で言ったのを思い出した。

あれは確か、大学一年生の冬。一二月に入ってすぐの寒い日だった。

なぜ、三年も前のことが脳裏を掠《かす》めたのかといぶかしく思いながら湯が沸くのを待っているうちに、理由がわかってきた。

河合があの時、何気なく言ったことがひっかかっていたらしい。倉木のいいところは、貧乏を苦にしていないところだ、貧しさに慣れているからだろうけど、それだけではない、貧乏を苦にする人たちはたくさんいるというのに、おまえは貧乏を愉《たの》しんでいるんだよ、おれの目にはそう見える、愉しむことができているうちにきっと、すごい運を摑むんだ、おれはそれを見届けてみたいなあ、と感心したようにため息をついたのだ。

そうだ。

愉しめばいい。

重役面接だからといって、かまえることはない。自分で選んだと思っていても、降って湧いたような話であることは間違いない。それに河合が言っていたように、愉しめなくてはこの幸運はどこかへすっと消えていくかもしれないではないか。

肩の力が抜けた。

やかんの口から蒸気があがりはじめた。気持を切り替え、支度にとりかかった。

裸になる。中学、高校の六年間、バスケットボールで鍛《きた》えてきた名残《なごり》が胸板の厚さや腹筋にある。一度、徹底的につくった筋肉が落ちないのは体質のようだ。

たらいに水を入れてから、お湯を注いだ。手順どおり、流しにあがり軀を洗った。今朝は足し湯を二度した。五代美佐子の甘い匂いが残っているような気がした。

リクルートスーツを着込んでいると、同級生で恋人の朋絵から、携帯のほうに電話が入った。彼女も今日が、慎吾にとって重要な日であることは知っているのだ。

「眠っていないかどうか、心配になって電話してみたの。どうやら大丈夫そうね。面接、あなたらしさを出して、頑張ってきてね」

「あなたらしさ？　朝っぱらから難しいことを言うなあ。そんなのをおれが、具体的に摑んでいるとでも思うかい」

「この前も言ったと思うけど、あなたは上等な肉なのよ」

「確か、松阪牛だったな、おれは」

「松阪牛が一〇〇グラム八〇円のバラ肉になることはないの。肉の美しさやおいしそうな雰囲気は、内側から滲《にじ》み出てきているってことくらい、あなたもわかるでしょ」

「そりゃ、そうだ」

「それがあなたらしさなの。滲み出させなさい。かっこつけるとね、滲み出てくるものが胡散《うさん》臭く見えるから気をつけてね」

そう言うと、朋絵のほうから電話が切れた。哲学科に在籍しているせいか、言うことがいつも観念的だ。悪いとは思わない。彼女らしさであって、慎吾はそれを認めている。

携帯電話の時刻は八時三〇分をちょうど過ぎるところだった。

さあて、行くか。

わざと声を出して言った。昨夜の疲れを残している声だった。響くこともなく四畳半の狭い部屋の壁に吸い込まれていった。

部屋を出る時から緊張していたせいだろうか、いつの間にか、新宿駅に着いてしまったといった気がした。

西新宿の東京都庁が目と鼻の先にある高層ビルのひとつに入った。このビルに足を踏み入れるのは二度目だ。最上階はレストラン街になっている。以前、慎吾の誕生日に朋絵のおごりで食事をしたことがあった。

一一月末のこの時期に、紺《こん》色のリクルートスーツを着込み、就職活動をつづけている者などひとりも見かけなかった。

一階のロビーで案内板に目を遣った。目指す広告代理店は三二階から三四階までの三フロアをつかっている。もう一度、重役面接の案内の封書を開いて、三二階で受付をするように書いてあることを確かめると、慎吾はエレベーターに向かった。

受付に女性がひとり坐っている。名前と大学名、そして重役面接に来た旨《むね》を伝えた。受付の女性が内線電話をかけて何事か確認した後、なぜか、社長室に直接、行ってくださいと言った。慎吾の予想では、会議室などを使って、社長を含めた数人の重役と面談するのだろうと考えていたが、どうやら違っていたらしい。

三四階にひとりで向かった。

社長室はエレベーターを降りて、廊下を右に歩いていった突き当たりだと教えられた。受付のある三二階とは雰囲気が違う。活気に満ちた騒々しさはなく、しんと静まり返っている。会議室とプレートを掲《かか》げたドアの前を通り、社長室の前に立った。

胸の奥まで息を吸い込み、ゆっくりと吐き出した。

さすがに緊張する。昨夜、五代美佐子との取引とも思える約束をしていても、軀の震えはおさまらない。深呼吸を二度繰り返した後、慎吾はドアを叩いた。

秘書がドアを開けるのかと思っていたが、ここでも予想は裏切られた。

社長の金井美貴子がドアを開けた。

ボルドー色のタイトスカートを穿《は》いていて、同色のジャケットを着こなしている。長い髪を薄茶色にカラーリングしていて華《はな》やいだ雰囲気を醸《かも》しだしている。そのためか、五代美佐子よりも年上のはずなのに、彼女よりも若いような印象を抱いた。

「倉木君ね、どうぞ、さっ、入って」

「はい」

「美佐子から聞いていたとおり、素敵ねえ。そんなに緊張することないわ、リラックスしなさい、そうしてくれないと君のことがよくわからないから」

言葉遣いだけでなく、歩き方や身のこなしといったことまですべて、歯切れのいい女性に思えた。

社長室は広かった。慎吾にとって、畳数に置き換えて部屋の広さを感じ取れる限界を越えていた。バスケットボールのコートよりも広くて、テニスコートくらいに思えた。

重役面接ということだったが、やはり社長しかいない。電話をかけて、重役を召集するといった風でもなかった。

ソファに坐るようにうながされた。秘書が現れることもなく、社長みずからコーヒーを供してくれた。

「いくつか質問してもいいかしら」

コーヒーをふた口程飲んだところで、女社長が口を開いた。

慎吾は軀を硬くした。

就職活動をするようになって必ず訊かれることがあった。やりたいことがあるのか、自分に誇れることがあるのか、夢中でやってきたことがあるのか。何の目標もなく、将来設計も考えずに大学生活を過ごしてきた慎吾にとって、そうした質問はもっとも応えにくく、辛《つら》いものだった。またしても、同じような質問を浴びせられるのか、と思ったのだ。

「あまり考えずに、てきぱき応えるように。自分をより大きく見せようとかしないで、正直に答えなさいね。わかった？」

「はい、そうします」

「素直で、いいわよ。それじゃ、わたしもてきぱきと質問するわね」

いったん言葉を切ると、女社長が短く咳払いした。顔をあげ、視線を絡めてきた。見つめていると、薄いピンクの口紅をつけたくちびるが動きはじめた。

「好きな食べ物は何？　ひとつだけ言ってごらんなさい」

「えっ？」

「すぐに答えなければだめよ。浮かばない時は、ない、と言えばいいの。取り繕《つくろ》うようなことはしないで」

女社長が真顔で言うのを、慎吾は不思議な想いで見つめていた。まったく予想していない質問だった。それがどんな意味を持つのか考えるゆとりもないまま、

「つけ麺です、それも野菜つけ麺です」

と、答えた。さほど興味を抱く様子もなく次の質問が投げつけられた。

「女性は好き？」

「はい」

「男性に興味はあるかしら」

「興味とは、どういうことですか。ホモセクシャルなのかという意味でしょうか」

「しようがないわね、君は今、質問する立場ではなくて、質問される立場にいるの。興味があるかと訊かれたら、直感で即座に答える。それだけでいいの。もしホモセクシャルで

あっても、バイセクシャルであってもかまわない。君の本心だけを知りたい、ただそれだけ。わかったわね」

念を押すように、ゆっくりと女社長がうなずいた。足を組んだ。タイトスカートの奥からストッキングに包まれた太ももが現れた。

目の端に入る。が、慎吾は意識的に見ないように努める。五代美佐子とはどこかしら違った色香が漂っている。太ももを見ただけで違いがわかるほど経験を積んでいるわけではないが、色香の深みや透明度のようなものに差があるように思えてならない。

視線を向けられているのに気づいたのか、胸元のブラウスに手をやった後、さりげなくスカートの裾《すそ》にてのひらをあてた。

「もう一度、訊くわよ。あなたは男性に興味はあるかしら」

「性的興味はありません。ただ、好意を抱いてくれる相手には興味を引かれます」

「その答はきっと、咄嗟には出てこなかったはずでしょ。だからさっきから言っているのよ、直感で答えなさいって。次……。五代美佐子に出会った時の印象は？」

「素敵な女性だと思いました」

「彼女とわたしの関係について、詳しく知っているかしら」

「いいえ、まったくといっていいほど知りません。第一線で活躍している女性たちのグループの仲間という程度です」

「彼女と寝た？」

「……はい」

慎吾は素直に答えた。きっと美佐子がすでに伝えているだろうと予測していたから、隠すことでもないように思えた。

ほんのわずかだったが、女社長の表情に変化が起きた。瞳の潤みがさざ波のように揺れ、小さくため息をついた。がっかりしたのか、驚いたのか。慎吾にはしかし、彼女の真意を読みとることはできなかった。

「そう。まあ、いいわ。それで、わたしの第一印象は？」

「エネルギッシュな女性と思いました。第一線で活躍している女性というのは、こういう緊張感が漂っているのかと憧《あこが》れに似た気持が湧いていました」

「女としての魅力は？」

「感じました。でも、五代さんとは別の、ぼくにとっては初めて接するような女性の魅力に思えました」

「なかなか鋭そうね、君の感覚は。ところで、君が尊敬している人は？」

「考えたこと、ありません。いえ、すみません。その答は正直ではありません。ひとりいます。真里さんという同い年の女性です」

「同い年なのに、尊敬なの？」

「彼女、ぼくのすべてを赦《ゆる》してくれる存在なんです。彼女がいるから、ぼくは心がきれいでいられるような気がするんです」

「もう少し、詳しく聞かせて」

「面接ですよね、これは」

「そうよ、れっきとした社長面接ですよ。おかしくないわ」

「真里さんはぼくを理解してくれています。ぼくは彼女に包まれているような気がしてなりません。だから、何でも隠さずに知らせることができるんです」

「ところで、あなたはどうして成績が悪いのかしら。Aが四つだけ。あとはBよりもCのほうが多いわね」

「勉強する目的を持たずに、大学に入ってしまったからです。だから、正直言うと、Aが四つもあるほうが驚きです」

「大学は何のために入ったの？」

「よくわかりません。高校生の時は、入らなければいけない、という想いに駆られていました。いざ入学してみると、つまらない遊びばかりしていました」

「どんな遊び？」

「女の子と合コンしたり、喫茶店で時間潰《つぶ》しをしたり、パチンコや麻雀したり……。ろくに本も読んでいません」

「合コンではもてたほうかしら」

「はい。もてなかったほうではありません。それにパチンコや麻雀のような賭事《かけごと》は、トータルすると勝っていると思います」

「君は強運の持ち主だと美佐子から聞いているけど、本当に自分でそう思っているの？」

「信じています。パチンコで勝ったり、女の子にもてたからそう思っているわけではないんです。きっと社長さんならわかってくださるでしょう。これはぼくの勘ですが、はっきりとそれを自覚しています」

「強運の持ち主であるという確固とした自覚、というわけね。面白いことを言うわね」

「ありがとう、ございます」

「倉木君、わたしと寝たい？」

「えっ……」

「戸惑ったふりをして、きっと今、当たり障《さわ》りのない答を考えているんでしょう」

「いえ、そんなわけではありません。ただちょっと驚いただけです。今の本心は、セックスしたいとは思いません。といって興味がないわけでもありません。五代さんとは違う気配があるのを感じます。それが何か知りたいとは思いました」

これから勤めるかもしれない会社の社長に対しての発言ではないと思いながらも、慎吾はすっかり言っていた。言い切らないまま面接が終わり、その結果、不採用通知が届くより、思ったことをすべて言ったうえで不採用のほうが納得がいく。

この時、慎吾は無意識のうちに面接を愉しんでいた。それを引き出していたのは金井社長である。慎吾は女社長のペースに乗せられていた。つまり自然と自分らしさを表していたわけだ。

「よく、わかりました」

女社長が足を揃《そろ》え直した。ストッキングに包まれた太ももがスカートの奥に隠れた。

三〇分近く話しただろうか。

これだけで何がわかったというのか。

慎吾にとってはいくらか不満が残った。たったそれだけの短い時間ですべてわかった顔をされることも、そして雑談をしたにすぎない内容で合否を決定されることも厭《いや》だった。

ちょうどその時、社長の机の上で携帯電話のコール音が響いた。

女社長が目礼をして立ち上がり、電話をとった。最初の話の内容から推《お》してすぐに、かけてきた相手が五代美佐子だとわかった。聞かないようにしていたが、耳に入ってきた。うん、そうよ、たった今面接が終わったところ、あなたの期待に応えられるわ、とってもいい子よ、あなたと同じ感覚かどうかわからないけど、うん、ビリビリするような感覚が走ったことは確かね、あなたの手の早さには驚いたわよ、うん、そう、彼、とっても正直だったから。こざかしさもないから、いいんじゃないかしら。それじゃ、来週の金曜日、スケジュールを空《あ》けておくわ、あなたから皆さんに伝えておいてね、じゃ。

電話を切ると、女社長が戻ってきてソファに坐り直した。

「今の電話、誰からか、わかったでしょ。美佐子よ、あなたが合格かどうか、気になってかけてきたのよ」

「はい、想像がつきました」

「だったら、合否も想像がついたわね」

「たぶん……」

「ふふっ、奥ゆかしいじゃないの。さてと、倉木慎吾君、背筋を伸ばして聞きなさい」

「はい」

「君、合格ですよ」

女社長が微笑んだ。

慎吾は頭を下げた。そして、自分は強運の持ち主だったとあらためて思った。

3

いつになく、軀がゆったりとしている気がする。苦しい就職活動から解放されたからだ。自分で選んだ運が間違いなく幸運だったことにも満足していた。

金井社長の面接を受けてから三日後、合格通知がアパートに届いたのだ。

慎吾はふうっと大きくため息をつくと、糊《のり》のきいたシーツの上でのびをした。

シャワーを浴びたばかりの朋絵が微笑んでいる。白いバスタオルが赤い明かりに染まっている。ソファに坐っている朋絵が、慈《いつく》しむような眼差しを送ってきた。

ふたりは今、渋谷のラブホテルに入っている。就職決定祝いということで、朋絵が誘ってくれたのだ。もちろん一泊の料金も彼女持ちだ。そうでなければ、慎吾の手持ちの金だけで一泊一万二〇〇〇円の部屋に泊まれるはずがない。

「不思議なことがあるものねえ」

髪を摘《つま》んでみては先端に目を遣り、そしてすぐに視線を戻す。それは朋絵の幼さの残る癖で、くつろいでいる時にでるものだった。

「何がさ」

慎吾はうつ伏せになると、顔だけ朋絵のほうに向けた。

陰茎に強い脈動が走り、バスタオルを跳ね返す勢いで立ち上がっている。ベッドにそれを押しつける。幹を包む皮が張りつめ、心地《ここち》いい快感が下腹部全体に拡がる。

「だって、たまたま出会った女性が広告代理店の社長と知り合いだったわけでしょ。紹介されてすんなり入社できるなんて、そんなこと、まず滅多にないでしょ」

「東京って、面白いよなあ。いろんな人がいるんだもの」

「はぐらかさないでよ」

「今夜はお祝いだろ？　もっと素直に喜んで欲しいんだけどなあ」

「何か、裏取引でもあったんじゃないのかしら？　でもねえ、倉木君のほうに取引できる材料があるとも思えないからなあ」

「そりゃ、そうだよ。あるとすればやる気と強運。もっとも大切なこのふたつを認められたってことだよ」

「何言ってるの。今までどこの会社も合格しなかったくせに。何社受けたのかしら。確か、一二社でしょ？　全滅だったんだからそんなに偉そうに言っちゃだめよ」

「今、朋絵はおれのことを、祝ってくれているんだよな。確かめておかないとなあ。説教されるためにラブホテルに入ったんじゃないかと勘違いしそうだよ」

「まあ……」

朋絵が呆《あき》れたように声をあげた。

腋の下で重ねたバスタオルのあたりを摑んだまま立ち上がった。一六〇センチ、四九キロ。同じテニスサークルに所属する二二歳だ。早生まれの慎吾はまだ二一歳だが、五月にすでに彼女は誕生日を迎えている。

ベッドの端に坐った。

バスタオル越しながら、張りつめたお尻のラインが見える。石鹸《せっけん》の香りがほのかに漂う。肩口にシャワーの滴《しずく》がいくつかあった。みずみずしい肌は滴を弾く。軀をわずかに揺すっただけで、それはすっと落ちていった。

「おいで……」

慎吾は低い声で誘った。

背中を向けていた朋絵が上体をよじった。視線をこちらに送ってきたその拍子《ひょうし》に、バスタオルが緩み、ずり落ちていった。

若さと華《はな》やかさがみなぎっている背中だ。日焼けの痕《あと》がうっすらと残っている。いつもは恥ずかしがってベッドに潜《もぐ》り込むのに、今夜はそうしない。これも就職祝いのひとつなのだろうか。

じっくりと見つめた。

どこにもたるみがない。

ブラジャーに締めつけられた肉のへこみも見当たらない。ウエストから腰骨にかけての鋭い稜線《りょうせん》にも無駄なものはなかった。

五代美佐子の軀をついつい、思い浮かべてしまう。一九歳も違うのだから、比べること自体に無理があると思い直す。どちらが悪いとか、どちらがきれいといったことにまで意識が向かわない。朋絵の背中の美しさにも、美佐子のそれにも魅力があるのだ。その証拠に、美佐子と交《まじ》わった時の陰茎の硬さと、今まさにベッドに押しつけているそれの硬さは同じくらいに思えてならない。

「いやん、そんなに背中を見ちゃ」

「どうしてだよ。おれ、初めて朋絵の背中をゆっくり眺めた気がするな」

「ほくろがいくつかあるでしょ」

「すごく艶《つや》っぽいよ」

慎吾は呟《つぶや》くと、軀を起こした。本心ではない。ほくろに艶を感じ取れる感性を養ってなどいなかった。左側の肩胛骨《けんこうこつ》の下のほくろを指先で触れた。

微かに肩が震える。それが恥じらいのためなのか、性感を刺激しているのか、よくわからない。

その次に目立つのは、ウエストの左側のほくろだ。もっともくびれているあたりにポツンとある。顔を近づけると、くちびるですっと撫でるようにして触れた。

「ああっ……」

朋絵の上体が震えた。軀がわずかずつ、ピンクに染まりはじめた。首筋から肩口まで一気に拡がると、背中からウエストにかけてじわじわと染まっていった。

「恥ずかしいのかい」

「うん」

「どうして」

「だって、久しぶりでしょ。ラブホテルでするのって……」

「それがなぜ、恥ずかしさになるんだい」

「だって……」

「うん？」

「ここに入るってことは、しちゃうってことでしょ。はじめから、セックスすることを前提としている場所にいるなんて、わたし、なんだか、恥ずかしい……」

こんな時、朋絵をいくら説得してもだめなことはわかっている。恥じらいを忘れさせる方法はひとつしかない。

いきなり朋絵の肩を摑んだ。

「いやっ」

肩を揺すって、振り払おうとする。今度は両手でがっちりと摑んだ。そして強い力で仰向けにさせた。

視線が絡んだ。

うっとりとした表情になっていた。

潤んだ瞳の奥で強い光が放たれているように見えた。

高ぶっている。

慎吾はそう思った。大学一年生の時からつきあっているからこそ、わかる朋絵の反応だった。文学部哲学科に在籍するこの女性は、恥じらいを刺激に変えながらしだいに高ぶっていくのだ。

豊かで張りのある乳房が揺れた。仰向けになってもさほど脇のほうには流れない。そのため乳房がつくる谷間の間隔《かんかく》は狭く、部屋の赤い明かりも谷底まで届いていない。

「乱暴にしないで」

「恥ずかしがるからだよ」

「ねっ、倉木君、もっとやさしくして」

「うん」

そう応えたが、慎吾はわざと荒々しい手つきで朋絵の軀に触れた。

下腹部を隠しているバスタオルを剝《は》ぎ取った。すかさず、ウエストをよじり、陰毛の茂みを隠そうとする。

乳房を隠そうとする腕が宙をさまよった。陰部を隠すほうに向かうべきか、このままでいいのか迷っている。

朋絵の軀を引きずるようにして、ベッドの中央に引き寄せた。拒む様子はないが、視線から逃れるように背中を向けた。

「朋絵の軀、すごく熱いよ」

「きっとシャワーを浴びた後だからだわ」

「そうじゃないだろ」

「あん、意地悪」

朋絵が背中をのけ反らせた。肩胛骨の下のあたりのほくろが皺《しわ》の中に消える。ピンクに染まっている肌が赤みを帯びていく。

慎吾は躯をずらした。

引き締まったお尻にくちびるをあてた。

石鹸のほんのりとした香りが漂ってくる。それに混じって、粘液が醸《かも》しだす甘い香りも感じられる。

今度は無理矢理、朋絵を仰向けにした。陰部のすぐ横に慎吾は顔を近づける。剝き出しになった陰毛の茂みは、シャワーのお湯の湿り気のために薙《な》ぎ倒されている。

「あん、見ないで」

「すごくきれいだよ」

「そんなこと言わないで……。わたし、ああっ、恥ずかしい」

焦《じ》らすつもりでいるのではない。

朋絵の羞恥心《しゅうちしん》の強さのせいなのだ。慎吾はそれを理解している。だからこそ、辛抱《しんぼう》強く、ゆっくりと愛撫を繰り返しているのだ。

きつく閉じている足を左右に開いた。

「ううっ」

小さな呻き声が洩れる。

しなやかな足がひきつっている。

太ものつけ根の筋が浮きあがる。筋肉が震え、なんとか開かれないように力を入れているのがわかる。

足と手の力比べのようだった。

女性の足のほうが先に根負けした。

朋絵が両手で顔を隠した。下腹部全体を上下に動かし、羞恥心を紛《まぎ》らわそうとする。慎吾はピンクに染まった足の間に入った。

陰毛の茂みがおへそに近いあたりから立ちあがりはじめている。それをもう一度、薙ぎ倒すように舌先で掃くようにして舐めた。

「うっ、ああ……」

朋絵が整った顔を歪《ゆが》ませた。眉間に皺を寄せる。慎吾はかまわず、陰毛の生えている地肌に舌を這わせた。

呻き声はつづく。羞恥心を堪えようとする苦しげな声が、丹念に舌を使っているうちに、喘《あえ》ぎ声に似た甘い響きのものに変わっていく。

舌先を割れ目に向かわせた。

甘い香りが強くなっている。二二歳のそこはすでに濡れていた。厚い肉襞《にくひだ》が割れ、その奥の鮮やかな朱色の薄い肉襞まで見える。五代美佐子の場合はさらにその奥でうねっている細《こま》かい襞まで見えた気がするが、朋絵の割れ目は狭く、そんな襞まで見えなかった。

粘液が太もものつけ根につたっている。慎吾はそれを舌先ですくい取ると、唾液とともに喉を鳴らして呑み込んだ。粘液は何度拭《ぬぐ》っても流れてくる。

「今日はなんだか、倉木君、すごい」

「すごいのは朋絵のほうだよ」

「ああん、ラブホテルなんかでエッチするの、久しぶりだからよ」

「敏感になってきたんじゃないか」

「そんなことない。意地悪なこと言わないで、お願いだから。この前、倉木君の部屋でした時と同じよ」

「そうかなあ」

「いつもよりたっぷりとしてくれるんだもの。わたし、変になりそうなの。だからきっと、倉木君のせいよ」

張りのある乳房がブルンと揺れた。左右の房が当たり、湿った音があがった。

軀を起こした。愛撫をつづけられなくなっていた。陰茎が膨張し、何度もベッドに向かって跳ねているのだ。脈動が強まり、このまま先端をシーツに擦りつけていると暴発しそうな危険さえ感じた。

「きて……」

潤んだ瞳で朋絵が囁いた。

目尻に潤みが溜まっていた。左のこめかみから耳元にかけて潤みが滴となって流れ落ちていった痕があった。

慎吾は軀を重ねていった。

胸板に乳首を感じる。それは彼女が呼吸をするたびに跳ねるように動き、慎吾の胸元をくすぐっていく。愛おしいという想いが迫《せ》りあがり、同時に、早く挿《さ》したいという思いにも駆られる。

陰茎の先端で割れ目を探った。腰を引き加減にすると、朋絵の陰毛が先端の小さな切れ込みに刺さるように入ってくる。そんな細かい刺激にも慎吾の軀は震えた。

性欲が全身にみなぎるのを感じる。

挿《さ》したい。

白い粘液を放ちたい。

軀を貫《つらぬ》く一瞬の鋭い快感に酔いたい。

そうした強烈な想いは、五代美佐子との交《まじ》わりの時には湧いてこないものだった。勢いに任《まか》せて性欲をぶちまけることが自分らしいかもしれないとチラと思った。

「そこ、そこよ」

目を閉じたまま、朋絵が囁いた。腰をわずかにあげると、陰茎の先端を割れ目全体で包み込むように動いた。

「ねえ、きて」

「いくよ」

「はやく……」

鼻にかかった甘い掠れ声があがった。

慎吾は腹筋に力を込めた。爪先《つまさき》でシーツを摑むようにする。ふくらはぎの筋肉が震えた。その瞬間、腰を突き入れた。

「うぐっ」

朋絵の喉の奥のほうで唸《うな》るような響きが湧きあがった。乳房が揺れ、慎吾の両肩を摑んできた。乳房だけでなく、指先まで熱く火照《ほて》っている。

膨張している陰茎を、いっきに割れ目の奥に送り込んだ。外側の厚い肉襞が陰茎の幹に引きずられるようにして内側に入り込んだ。慎吾はいったんわずかに陰茎を抜くと、厚い肉襞はスルッとめくれて戻った。

それが快感となった。幹を撫でられた気がした。するといきなり、腹の底から絶頂の兆しが拡がった。我慢できない。慎吾は陰茎を外側の厚い肉襞まで戻すと、呼吸を整えた。そしていっきに腰を突き上げた。

恥骨同士がぶつかった。

痛いはずなのに、それさえ快感になっている。恥骨を擦りつける。敏感な芽を感じた。それは硬く尖り、突出している。恥骨で圧《お》すと、陰毛が間に入っているためか、ジリジリとした焼けつくような快感が生まれた。

「ああっ、すごい」

朋絵が顔を左右に揺すった。髪が乱れ、汗ばんだ額に張りつく。それにかまう様子はまったくなかった。

陰茎の先端が痺れはじめた。

割れ目の奥の細かい襞が陰茎全体を圧してくる。陰茎を奥へ導くようにうねる。そして膨張している陰茎が奥まで辿《たど》り着くと、今度は吐き出そうとするかのように、外に向かってなびいた。

「いくよ、朋絵」

「すごいの、ねえ、きて、お願い。一緒に、いって」

「もうすぐだよ」

「ああっ」

朋絵の腰が震えはじめた。ベッドが大きく揺れ、スプリングが軋む。慎吾は踏ん張った。敏感な芽を恥骨で圧す。下腹部が熱くなる。息を詰める。陰茎のつけ根とふぐりの奥がカッと熱くなった。

「いくぞっ」

呻くように言い放った。

「あっ、わたしも、ああっ、きて」

朋絵がはばかりのない甲高《かんだか》い声をあげた。その瞬間、ふぐりの奥のほうから白い粘液が駆けあがっていくのを感じた。

4

電話が鳴った。

慎吾はコタツ板の上の時計に視線をチラッと送って時間を確かめた。

午後七時半過ぎだ。

お腹が空いていて、電話に出るのが億劫《おっくう》だった。朋絵とは夕方に別れたばかりだ。河合かもしれない。お気楽なハワイ旅行から帰って、落ち着いている頃だ。彼からの電話なら、土産話を聞くことを条件に、夕飯をおごってもらおう。

「もし、もーし」

間延びした声で相手が誰かわかった。予想が当たった。

「朋絵さんから聞いたぞ。おれのいない間に、おまえ、就職決めたんだってな」

「そうだよ」

「なんだ、元気ないじゃないか。それとも入社する前からもう、働くのが厭になっちゃったのか」

「腹が減っているんだ」

「また金がないのか」

「そうなんだ、月末だからな」

「金ならおれだってないぞ。なにしろ、海外旅行で散財しちゃったからな。そうだ、おまえにマカダミアンナッツのチョコレート、お土産に買ってきておいた。つましい食事に慣れているおまえのことだ、チョコレートだけで、数日はもつんじゃないか」

「おい、そんなこといつまでも言ってないで、新宿あたりまで出てきて、お祝いにおごれよ。ハワイの自慢話も聞いてやるからさ」

「おいおい、おごってもらおうっていう立場のほうが偉そうだな。まあ、いいや。おれもちょうど暇だし、それに、ほら、おまえは経験したことないだろうけど、時差ボケってやつが治っていないからな」

「つまり、どういうことだい。こんな時間に眠くなっているとか？」

「そういうことだ。そのまま寝てしまうと、時差ボケは治らないんだ。だから無理してでも起きていて、早く、日本時間の生活に軀を戻さなくちゃいけないんだ」

「わかった。それなら、なおさらだ、おごってもらうぞ」

腹が空いているせいだった。慎吾は機嫌が悪いわけでもないのに、苛立たしげに声をあげ、新宿駅東口の回転寿司屋の前で待ち合わせすることを決めた。そこは何度となく、慎吾が彼にご馳走になっているところだ。

もうすぐ一二月だというのに、河合の顔はすっかり日焼けしていた。たった二週間のうちに、ボンボンの河合が精悍《せいかん》な逞《たくま》しい男に変身していた。

ふたりは席に着いた。

慎吾は勝手にビールを注文した。

「よかったなあ、ほんと。どうなることかと心配していたんだ」

河合がビールを注いでくれながら言う。いざとなると、金のことなど気にしない。さすがにいいとこのボンボンらしい。そんなことより、男の友人に素直に言われ、沸々《ふつふつ》と喜びが湧いてきた。

「で、勤務地は東京だよな」

「えっ？　どういうことだい」

「東京採用ってことではないのかい」

「おまえが就職を決めた広告代理店は超一流だからな、日本どころか世界中に支店があるんだろうけど、おれのところは自分の行き場がどこか心配になる程、支店はないよ」

「そうか、それなら東京だな、きっと。まあ、よかった。社会人になってからは、お互い、ライバルってことになるな」

「そうか、ライバルか」

死語になっているような言葉を臆面《おくめん》もなく河合が使うので、慎吾は居心地《いごこち》が悪い。いや、そうではない。なんのてらいもなく心から祝福されることに慣れていないのだ。

友人というものが意外と素敵なものだ、と初めてわかったような気がした。そう考えてみると、慎吾にはこれまで親友といえる友だちはいなかった。成績の出来によってつきあい方を決めるような奴ばかりだったし、そんな奴らと親しくつきあおうとも思わなかったからだ。だから東京に出てきたせいもあるが、中学、高校時代の同級生で今でもつきあいがつづいている友はひとりもいない。

「ハワイはどうだった？」

「おっ、ようやく訊いてくれたな。すごくいいところだったよ。おれ、初めて体験ダイビングをしたんだ」

「それで日焼けしているのか」

「そうじゃないよ。これはな、ワイキキビーチで焼いていたからさ」

「女の子としりあいになったか？」

「だめだな。そっちのほうは」

「ほんとかよ。普通、何人かとしりあいになるものじゃないのか」

他愛のない話をしている間も、慎吾は目の前に回ってくる寿司を取っては食べる。久しぶりの寿司だった。

二本目のビールを注文しようとした時、胸のポケットに入れている携帯電話が震えた。携帯電話を取り出し、河合に目で合図をした後、店を出た。携帯電話を店内で使わないようにするくらいのマナーは、慎吾も当然身につけている。

朋絵かと思ったが違った。

意外な人物だった。

五代美佐子だ。

彼女と話すのも久しぶりだ。就職決定通知が届いたその日、挨拶のために電話をかけて以来だった。

「あら、外出中かしら。やたらと雑音が多いところにいるみたいね」

親しみのこもった声だ。彼女もまた出先からららしく、声をかき消すような雑音がかぶってくる。

「どこにいるんですか」

「新宿よ。あなた、もし時間があるんだったら、ちょっと、いらっしゃいよ」

「今、友だちと御飯を食べているんです」

「恋人？」

「いえ、違います。広告代理店に就職を決めた男の友だちです」

「そう、それなら、食事の後、いらっしゃい。いいわね」

有無を言わさぬ高圧的な物言いだった。雑音のせいでそう聞こえたのか、それとも、就職を世話してもらったことで、どこかしら負い目を感じているからかもしれない。厭な感じがしたが、それでも慎吾は了承した。

「君と会ったあの西新宿のシティホテル。そこの最上階のバーよ。会わせたい人が何人もいるの」

「会わせたい人？」

「金井美貴子さんもそのひとり」

「もしかすると、五代さんが以前言っていた女性だけのグループの人たち、ですか？」

「察しがいいわね」

「それじゃ、断れるわけないですよね」

「ふふっ……、そんなことないわよ。君を束縛《そくばく》したり、拘束《こうそく》するような真似はしないって言ったこと、忘れたの？」

忘れてなどいなかった。それは夢の中でたびたび登場した。決まって母の顔が浮かぶところからはじまる夢だった。

大学に合格し、家賃二万五〇〇〇円のアパートに向かう朝、赤飯を炊《た》いてくれた母が玄関まで見送ってくれた時のことだ。

『東京の女は怖いからね。気をつけないと、おまえのもっているものすべて、むしり取られてしまうからね。新聞沙汰《ざた》にでもなって、家や親戚に迷惑かけるんじゃないよ』

現実では、母は赤飯を炊いてくれたわけでもなければ、見送ってくれたわけでもない。それになにがしかのアドバイスをくれたわけでもない。

夢のつづきはこうだ。

慎吾は働いていた。結婚もしていた。けれどもグループの女性から呼び出しの電話が来ると必ず、どんなことがあっても向かわなければいけなかった。そうしないと、社歴や実績など関係なく、馘《くび》にされると脅《おど》されるのだ。金が欲しいのではなかった。慎吾の肉体が目的だった。だからこそ厄介《やっかい》だった。

そんな厭な夢だった。

「ねえ、どうしたの、黙って。君の声が聞こえないんだけど」

「あっ、大丈夫みたいです。電波の調子が悪かったようです」

慎吾は慌《あわ》ててそう言い繕った後、忘れていません、五代さんの人柄を信じていますからね、とつけ加えてから電話を切った。

まるで食い逃げをするように、河合と別れた。気持がなぜか、急《せ》かされていた。一刻も早く指定されたホテルのバーに行かないと馘にされる。いや、就職を取り消される。そんな強迫観念が胸に迫りあがり、東口から西口へ早足で向かった。

河合と別れてから、約五分でホテルに着いた。寒いはずなのに汗が体中から噴《ふ》き出ていて、ラウンジの脇のトイレで顔を洗ってもなかなかおさまらなかった。

ホテルの高いコーヒーを飲みたくはなかったが、慎吾は仕方なく、汗がひくまでと思ってラウンジに入った。コーヒーを注文する。ピアノの生演奏が響いてくる。荒かった呼吸がしだいに落ち着いてきた。

　コーヒーが置かれた。

　気持もようやく落ち着きを取り戻してきた。その時、不意に真里さんの顔が浮かんだ。穢《けが》れのない真っ白な顔だ。微笑んでいる。ほんのりピンク色したくちびるが微かに開く。何か言いたげだった。けれども、そこで彼女の顔が目の前から消えた。

　こんな時こそ、真里さんに自分の揺れる気持を知ってもらいたい。ふっと慎吾はそう思った。ペンは持っている。便箋などなかった。ポケットを探っても、紙はなかった。領収書一枚もなかった。

　テーブルに置かれたナプキンが目についた。慎吾はそれを広げるとペンを走らせた。

　前略　真里さん
　就職が決まってから、あなたに手紙を書いていませんでしたね。確か、以前も同じようにこのラウンジで手紙を書いたことがありました。その時の女性が絡んだグループの人たちとこれから会うんです。
　とっても不安です。

何が？　と訊かれても具体的にその不安を説明できません。先が見えないための漠然とした不安なのです。

ぼくは魂を売り渡したわけではありません。真里さんならば、わかってくれるでしょ、きっと。このラウンジの煮詰まった不味いコーヒーを飲み干したら、ぼくは指定された最上階のバーに行きます。

何が待っているのでしょうか。無理難題を突きつけられることはないと思いますが、不安はなくなりません。

セックスの相手をしなさい、などと言われる可能性もあります。正直言うと、それについて好奇心がないわけではありませんが、かといって、心から喜ぶようなことでもありません。

そうだ、忘れるところでした。つい今しがた、真里さんの顔がいつになく、くっきりと浮かびあがりました。

何か言いたげでした。ぼくへのアドバイスだったのでしょうか。穢れそうになっているぼくのことを守ってくれる、とでも言うつもりだったのですか？　そうだとすると、うれしいな。

寒空の下から君を想って　慎吾

ペンをジャケットの内ポケットに入れた。ナプキンを丁寧にたたみ、財布に差し入れると立ち上がった。

最上階のバーはすぐに見つかった。空間全体が薄暗かった。新宿の夜景がパノラマのように拡がっている。

案内の黒服のボーイが何か言っているうちに、五代美佐子を探し当て、勝手に窓際のテーブルに向かった。

彼女がいなかったらきっと、そんな図々《ずうずう》しいことはできなかっただろう。

自分の軀が躍動している気がする。

テーブルには三人の女性が坐っていた。

五代美佐子、金井美貴子、そしてやはり彼女たちふたりと同年代の女性だ。

「意外と早かったわね、さっ、倉木君、坐りなさい」

五代美佐子が声をかけた。それからボーイを呼び、四人分のビールを頼んだ。

慎吾は金井美貴子とその隣にいる髪の短い女性に目礼をしてから坐った。テーブルにはカクテルが置かれているが、化粧品の人工的な匂いがアルコールの香りを覆《おお》っていた。

「金井さんは知っているわね。そうすると、江田《えだ》さんだけ紹介すればいいわね」

慎吾はうなずき、まず自己紹介をしてから髪の短い女性の紹介を待った。

五代美佐子がこの場を仕切っている。その女性自身に言わせることなく、紹介をはじめた。金井美貴子と五代美佐子との力関係が作用しているのか、別の理由からなのか、慎吾にはよくわからない。

ビールが運ばれてきた。

「江田昭子《あきこ》さんはね、わたしのテニススクールのお仲間よ。まだ明かせないけど、一部上場企業の専務さんの奥様。詳しいことはおいおい、教えていきますから、まずは、乾杯しましょ」

全員が素直にグラスを持ち、乾杯をした。半分程飲んだところで、美佐子を見て、江田昭子に目を遣り、最後に金井美貴子に視線を向けた。

一瞬、視線が絡んだ。

瞳が潤んでいた。社長室で面接をしてくれた女性と同一人物とはとても思えない。妖《あや》しく、そして思わせぶりな雰囲気が、瞳の奥から放たれていた。

「美貴子、だめよ。倉木君とふたりでそんな風に見つめ合ったりしちゃ」

すかさず五代美佐子が間に入った。慎吾は慌てて視線を外し、美佐子に顔を向けた。

「見つめ合うだなんて、五代さん、変な言い方しないでください」

「あら、ごめんなさい。わたし、こんなに若い男の子とバーにいるせいか、高ぶっちゃっているんだわ、きっと」

「わたしだって、そうよ」

女社長が調子を合わせる。

「江田さん、どうかしら、この子」

五代美佐子が女社長の応えを無視するように、江田昭子に声をかけた。

専務夫人はふたりに比べ、積極的な性格ではないらしい。薄暗くて表情はよくわからないが、楚々《そそ》とした雰囲気が漂う顔だちだ。

五代美佐子の仕切りの迫力に圧されているからか、さほど慎吾に強い印象を抱かなかったからか。微笑んでいるだけで具体的な言葉はなかった。

「江田さんたら、いい子ぶりっ子しちゃってるんじゃないかしら。テニスの試合の時の迫力のあるかけ声とは大違いね」

そう言うと、美佐子が笑った。それに合わせるように、女社長と専務夫人が小さく笑い声をあげた。

女性同士の微妙な関係がはっきり見えるようだった。

五代美佐子と女社長との関係には、複雑な想いが流れているようだ。美佐子と専務夫人とは、紹介してくれたように、テニス仲間という関係が主で、ほかに深い関係がある仲ではないように思えた。女社長と専務夫人とは慎吾の目から見る限り、五代美佐子を介して知り合ったような気がした。

慎吾の胸の裡に安堵《あんど》感が拡がっていた。自分の推理が正しければ、女性だけのグループというものが意外とあっさりとした関係で成り立っているようだ。

羞恥心や欲望を晒《さら》し合うことができるような濃密な関係ではない。だとすれば、グループの女性全員に同時に性的な悪戯《いたずら》をされたり、奉仕を強要されることはないだろう。

慎吾はビールのグラスを手に持ったまま口を開いた。

「五代さん、以前言っていたグループって、この三人の女性のことだったんですか」

「まさか」

「えっ？」

「みんな忙しい人ばかりなの。都合がつかないって人があと三人。だから全員で六人よ」

五代美佐子がうなずき、微笑んだ。

そして細い指でグラスを摘《つま》むと、朱《しゅ》色のカクテルをおいしそうに飲み干した。

第三章　美夫人の誘惑

1

「まさか、部屋をとってあるとは思いませんでした」

倉木慎吾は五代美佐子の背中に声を投げた。部屋に響く自分の声が、軽やかに浮き立っているように聞こえ、恥ずかしさとうれしさが混じった甘い気持が迫《せ》りあがる。

美佐子とこうしてふたりだけで会うのは三度目だ。初めて誘われた時のような緊張感は薄らいでいるのは確かで、気持にゆとりが生まれている。

「美貴子と昭子さんの三人で会うと決めた時には部屋をとるつもりはなかったのよ。だってそうでしょ、君を呼ぶつもりではなかったんですもの」

頰を赤く染めながら、美佐子がベッドに腰をおろした。つい今しがたまで慎吾は、このホテルの最上階の暗いバーにいた。窓際のテーブル席で、五代美佐子と広告代理店社長の金井美貴子、東証一部上場の会社役員夫人の江田昭子の三人と、新宿の夜景を眺めながらビールやカクテルを飲んでいたのだ。

「それにしても、大丈夫なんですか」

「何が？　わたし、まだちっとも酔ってなんかいないわよ」

「そういうことではなくて……」

「ほかに気になることでもあるの？」

「ええ、まあ……」

「ほら言いなさいよ」

「一緒だった金井社長や専務夫人の江田さんに悪いかなあって思ったんです。だって抜け駆けしたみたいじゃないですか」

慎吾はそう言うと、美佐子の隣に坐った。やわらかいベッドがへこみ、黒色のワンピースを着た美佐子の肩がわずかに揺れた。

長い髪からほんのりとした甘い香りが漂ってくる。テーブル席に隣同士で坐っていた時よりもその香りは強かった。散会する間際、化粧直しをするために席を立った時に香水をつけたようだ。

「気にしなくていいの、そんなことは」

「そうなんですか？」

「ええ、そうよ。お互い、好き勝手にやるというのがわたしたちグループの基本的な考え方なの。干渉しない代わりに、嘘だけはつかない。みんな四〇歳前後の女性でしょ、好きにできなければ、グループとして成り立たないのよね」

慎吾はうなずいた。しかし納得してうなずいたわけではなかった。

そんなものだろうか。

自分がもし、美佐子のようなグループの仲間になった時のことを考えた。

せっかく集まったというのに、こんな風に異性とふたりだけで抜け駆けされたら、穏《おだ》やかな気持ではいられない。そればかりか、信用できない奴、と悪く思うはずだ。

「皆さん、気持にゆとりがあるんですね」

「そうよ、だから、平気なの。それに、倉木君のことをわたしひとりで独占しているわけではない、とわかっているから」

「ということは、ほかの女性が誘ってくることもあるんですね」

「まあ、そんなところかしら……」

美佐子が微笑んだ。くちびるが赤みを抑えた口紅で塗られている。部屋のオレンジ色の明かりを反射して、厚く塗られたそれが艶《つや》やかに輝き、目に飛び込んでくる。

慎吾は息を詰めると、腹筋に力を込めた。パンツの中の陰茎が跳ねた。それはいっきに膨張し、先端の笠《かさ》がパンツのウエストのゴムをくぐり抜けていった。

「あと、三人、ぼくの知らない女性がいるんですよね」

「全員が今夜、集まるはずだったんだけどね。残念だったわね」

「教えてくれませんか、ほかの三人の女性のこと。いいでしょ、お姉さん」

「ふふっ、お姉さんだなんて……。最初の時より甘え上手《じょうず》になったわねえ」

美佐子が手を握ってきた。細く、白い指だった。肌はしっとりとしていて、家事を普段ほとんどしない指だ。指の股をくすぐるように長い爪が這《は》う。

「まだ、内緒。知らないほうが愉《たの》しみが膨《ふく》らんでいいでしょ？」

「ええ、まあ」

慎吾は曖昧《あいまい》に応《こた》えると、顔を寄せていった。

首筋から這い上がってくる甘い香りを吸い込む。くちびるを重ねる前に、香水をつけたと思われる耳朶《みみたぶ》の後ろ側に舌をつけた。

舌先に微かに苦《にが》みを感じた。

香水は苦いのか、と思った瞬間、口の中に濃い甘い香りがいっきに拡がった。鼻腔《びくう》に戻る香りもあれば、肺に入り込むものもある。体中が美佐子の匂いに染められていく感じがして、陰茎はさらに硬《かた》く膨張した。

指の股を撫でている爪先が、太ももに這いはじめた。そんなところにも性感帯が潜《ひそ》んでいるのかと胸の裡《うち》で驚きながら、慎吾は美佐子の耳朶を舐める。ピアスを舌で弾く。耳の凹凸《おうとつ》に沿って、舌を入れていく。美佐子の肩の震えが大きくなる。

太ももを撫でる爪先に力がこもりはじめ、筋肉を摘みはじめる。痛みとともに、筋肉を浮き上がらせるような摘み方が心地よくなってくる。

爪先が陰部に触れた。

慎吾の背中に一瞬、快感が走り抜けた。

くちびるを離すと、背筋をすっと伸ばした。

アルコールの酔いの気持よさと性的快感がほどよく混じり合う。快感がゆったりと迫り上がってきて、美佐子の耳元で思わず吐息を洩らした。

これまで慎吾は、アルコールを適度にたしなみ、軽い酔いに誘われるままにセックスしたことなどなかった。飲む時はしこたま安い酒を飲むことに集中していたし、セックスする時は陰茎だけでなく頭の中すべてを性欲で満たし、ぶつかるように女体に挑んでいた。

今にして想えば、酒にしてもセックスにしても、真の愉しみを知らなかったような気がしてならない。

美佐子の酒のたしなみ方やセックスでの交《まじ》わり方はまるで違う。軀に拡がる快感や酔いを愛《いと》おしむように、じっくり味わっているのだ。それが快感を増幅させていくことを、慎吾もなんとなく肌で感じた。

美佐子の指先がズボンのファスナーを下ろす。焦《あせ》った手つきではない。かといってぎこちないわけでもない。ゆったりとしながらも目的のことはさっと済ませるという、鮮やかな手際だった。だからといって、セックスに慣れている風ではないから、美佐子の裡にひそむ貪欲さを垣間見《かいまみ》ている気もする。

パンツから陰茎が引きずり出された。

「ふふっ、すごく大きくなってる……」

「美佐子さんのせいです」

「あらっ、まあ。ほんとに、口が達者になったわねえ。就職が決まったおかげで、女を気分よくさせる勉強でもしているんじゃないかしら」

「はい、美佐子さんに教わっています」

「それはまあ、間違いじゃないわね」

囁くように美佐子が言うと、くくっ、と喉の奥で笑った。指先で幹を包む。皮を根元に向けて引き下ろしていく。透明な粘液が先端の笠の小さな切れ込みから滲《にじ》み出てくると、それを指の腹で拭《ぬぐ》い取る。潤滑剤の代わりにするように、皮になすりつけた。

膨張した笠がツヤツヤに輝く。トイレで引っ張り出した時にはくすんだ肌色だったそれが、鮮やかなピンク色に変わっていた。美佐子が根元に皮を下ろしていると、筋が浮き立ちはじめ、ピンク色から朱色がかった色合いになっていった。

「美佐子さん、なんだか、変です」

慎吾は声をかけた。

二度、これまで会っている。積極的なところをみせてはいたものの、二度とも本質的には受け身の立場だった。

なぜか今夜は違う。

さほど経験のない大学四年生の慎吾でも、女性が受け身でいたいのか積極的な立場をとりたがっているのかくらいは察しがついた。

「バーにいる時から、君のことずっと、欲しいって思っていたのよ」

「隣に坐っていたから表情まで見えませんでした。それにあのバー、ずいぶん暗かったですからね」

「ふふっ……」

「艶《つや》っぽい表情だったんでしょうね。美佐子さんの正面にいた金井社長はきっと、気づいたんじゃないですか」

「やん、そんなこと言っちゃ。ふふっ、でもね、いいの、たとえ気づいても、美貴子は気にしないわ」

「そういうのを、大人の女性のゆとり、とでも言うんですか」

「そうじゃないわ、君のこと気に入っているみたいだから、やせ我慢していたのかもしれないわよ」

「わかりませんでしたよ」

「そういうことを顔に出す女じゃないの、あの人は。彼女とは大学時代からとっても親しくつきあってきたから、どんなことを考えているのかとか、心の移り変わりとか、なんでもわかっちゃうのよ」

「ふたりの前であからさまにぼくを誘ったのは、嫉妬《しっと》させようと考えたんですか？」

「嫉妬？　そんなつもりではなかったわよ。嫉妬することが時間と精神の浪費だと、三人とも気づいているわ。君にはまだわからないでしょうけど、ゆとりのある大人の女はね、一筋縄ではいかないの」

「複雑に考えはじめると、わけがわからなくなっちゃいますね」

「単純に考えなさい。わたしはこの逞《たくま》しいものが欲しかっただけ。それで十分でしょ？」

長い髪で陰部を覆ってしまわないように、美佐子が髪を指先で梳《す》き上げた。そして小さくため息をつくと、顔を寄せてきた。

湿った息が陰部に吹きかかる。

幹を包む皮がまた根元に下ろされる。

先端の笠が歪んだ。

小さな切れ込みから粘液が滲《にじ》み出てくると、舌先がそれに触れてきた。

舌先で透明な粘液をすくい取っている。美佐子の頭部が上下にわずかに動く。舌先が先端の小さな切れ込みの端を弾く。切れ込みが左右に押し広げられていく。そのまま舌をわずかに移し、笠と幹をつなぐ敏感な筋をチロチロと舐めはじめた。

もっと深くくわえて欲しい。

二一歳の男の欲望は直線的だった。

両手を後ろに回した。ベッドにつけて上体を支えると腰を突き上げた。

膨張した陰茎が美佐子の口の中に勢いよく入っていった。頭部を押し上げた。長い髪が乱れる。甘い香りがほのかに漂う。

先端の笠が喉の奥の肉の壁にぶつかった。笠の切れ込みがよじれ、そこに生温かい唾液が流れ込む。

「くうっ……」

美佐子の鼻が鳴った。唾液が幹をつたってつけ根に落ちていく。それを食い止めるようにすする。喉が鳴る。濁った音が部屋に響き、ふたりの欲望を増幅させる。

喉の奥まで入った陰茎を、美佐子は吐き出そうとはしなかった。苦しげな呻き声をあげるが、くわえ込んだままだった。

もし自分ならば、と慎吾は想う。アルコールの酔いもあるからきっと、吐いてしまうに違いない。しかし、四一歳の美佐子にそんな様子はまったくなかった。つけ根の皮を舌先で弾きながら、同時に舌の根元をうねらせる。口全体をすぼめ、陰茎にひそむすべての性感帯に刺激を加えてくるようだ。

やはりこれまでの二回の交わりとは違う、と慎吾はぼんやりした頭で思った。情熱的というひと言では説明できない、迫力めいたものを感じとっていた。

心の底からくわえたかったのか。

それとも友人ふたりの前で若い男をさらうようにして連れ出したことで、興奮しているのだろうか。

「すごい……。気持がすごく、いいです。こんなの、ぼく、初めてです」

上体を支えている腕が痺《しび》れてきた。陰茎から生まれるジンジンとした痺れるような快感も加わり、頭の芯《しん》だけでなく、全身が快楽に覆われていくようだった。

「ああっ、美味《おい》しい……」

美佐子が陰茎をくわえたまま、くぐもった声で呻くように言った。熱い息がふぐりにふきかかる。唾液がふぐりの皺《しわ》に流れ込み、パンツに染《し》み込んでいくのを感じる。

「ねえ、きて」

顔をあげた美佐子が、湿った低い声で囁いた。瞳が潤《うる》んでいる。その潤みは、時折、波のように揺れる。目尻に涙の滴《しずく》が溜まり、今にもこぼれ落ちそうだ。頰を朱色に染めながら、うっとりとした表情で見つめてくる。

「えっ？」

慎吾は思わず、訊き返した。ふたりともシャワーを浴びていないどころか、まだ洋服さえ脱いでいない。部屋に入るなり陰茎をくわえられたから、美佐子への愛撫もまだ、ひとつもしていなかった。

「何度も、言わせないで」

「まだぼくは、何もしてません。いきなり入れちゃっても、いいんですか」

「女はね、そういう時もあるの。荒々しくして欲しいって気分の時があるものなの」

「ほんと、ですか？　ぼく、今までそんなこと言われたことありません」

「そういうことは、なかなか言えるものじゃないでしょ。男性にどんな風に思われるか、すぐに想像がつくでしょ」

「変わってるとか、変態呼ばわりされるでしょうね。本当にそう思わなくても、冷やかしの材料にはなりますからね」

「でしょ？　そんな風に思われるくらいなら、頼まないほうがましだって、女は考えるものなのよ」

「ぼくになら、言えるんですね」

「ふふっ、そうよ。ふてくされた顔しないの。うれしいことだと思って欲しいわ」

慎吾はベッドから離れた。ズボンから陰茎だけが突き出ている。陰毛の茂みが隠れているせいか、陰茎がやけに大きく長く見える。パンツに押さえこまれているふぐりが、窮屈な状態になっている。

陰茎をくわえられていた高ぶりの中に、性的好奇心が芽生《めば》えた。

荒々しくして欲しいというのは、犯されるような雰囲気でしてみたい、ということなのか。慎吾の気持がいくらか臆《おく》した。

いくら性的好奇心が太く育っても、女性の意思を無視し、女性を踏みにじるようなことなどしたくなかった。そんなことをして愉しいはずがない。ためらっていると、美佐子が口元にやさしげな笑みを浮かべた。

「何を考えているのか、わたしにはわかるのよ。わたしの見る目が正しかったと、ほんとに思ったわ」

「運があったということですか。ありがとう、ございます」

「やさしい君には無理かもしれないけど、この前よりも、ねえ、乱暴にしてみて」

「女性にはやっぱり、レイプ願望があるんでしょうか」

「荒々しくしてもらいたいと思うのと、レイプ願望とはイコールではないの。いいこと、レイプ願望なんて、もてない男が勝手につくりだした幻想だと思ったほうがいいわよ」

「そうですよね。意思に反したセックスで悦《よろこ》ぶ女性なんて、いるはずないですよね」

慎吾は言った。

なぜか陰茎が跳ねた。

先端の笠と幹とを隔《へだ》てる溝に溜まっている唾液が飛び散り、ベッドカバーに落ちた。ふぐりの奥がカッと熱くなり、脈動が走り抜けた。

2

美佐子の肩を慎吾は押した。

ふいをついたらしく、ベッドの端に腰をおろしていた彼女が、あっ、と驚いたような声を小さくあげながら仰向けに倒れた。

ベッドが揺れた。

長い髪が乱れ、朱色に染まった頰に張りついた。

ワンピースのスカートの中に右手を滑り込ませる。ストッキングのざらついた感触が指先に伝わる。ラメの入ったそれが鈍い輝きを放つ。慎吾は太もものつけ根のあたりまで指を入れると、ストッキングを摘んだ。

いっきに引き下ろした。

厭《いや》がったとしても手を止めないと思っていたが、意外にも、苦しげな表情を浮かべているだけで美佐子に抵抗する様子はなかった。だからといって、腰を浮かしたりして協力する様子もない。お尻は深々とやわらかいベッドに落ち込んだままだ。足を広げたりもしていない。指先に力を入れると、ストッキングが破けそうになった。それでもかまわず、引き下ろしていった。

膝のあたりまで下ろすと、裾《すそ》をたくし上げた。甘い香りが湧き上がってくる。太ももがあらわになる。パンティが晒《さら》された。ワンピースと同色の黒色でツヤツヤと輝く小さなパンティだ。陰部を覆うようにレースがふんだんに施されていて、陰毛の茂みの盛り上がりがわからない。

間髪《かんぱつ》を入れず、ウエストのゴムに指先を引っかけた。美佐子が上体をよじる。ワンピースが皺になりそうだ。脱がしたほうがいいかもしれない、という貧乏性の考えが脳裏を掠めるが、慎吾は思いとどまった。

レースが伸び、モチーフになっている花が歪む。パンティを脱がした。

押し潰されていた陰毛の縦長《たてなが》の茂みが、ゆっくりと立ち上がってくる。

くちびるをつけたい、茂みに隠れている割れ目を舌先で探ってみたい、敏感な芽がどれくらい硬く尖っているのか確かめたい。欲望が耳からこぼれ出しそうなくらい頭を巡る。

慎吾はしかし、ごく普通のセックスの流れの中にある、それらすべての欲望を隅に追いやった。

パンプスを履いたままの美佐子の両足を抱えた。

足をあげる。ストッキングとパンティは膝のあたりにとどまっている。太ももの裏側が視界に入る。割れ目の外側の厚い肉襞《にくひだ》が合わさり、ふっくらと盛り上がっている。肉襞に生えている数本の陰毛が、割れ目から滲み出ている粘液に濡れていた。

慎吾も洋服を着たままだ。

膨張した陰茎だけをファスナーの間から突き出した、不自然な恰好《かっこう》だ。その不自然さが、荒々しく交わろうとしている今の情況や慎吾の気持にしっくりとくる。

濡れていいて欲しい。

陰茎の先端を割れ目にあてがいながら思った。無理矢理セックスをしているという雰囲気をつくっているが、それは美佐子の望みだからだ。彼女が気持よくならなければ、洋服を着たまま荒々しく交わる意味がない。

下腹に力をいれる。膝を開き加減にして、体勢を整える。両足を抱え直した。美佐子の張りのあるお尻がわずかにベッドから浮く。その拍子に割れ目にあてがった陰茎の先端が外れたが、すぐに目的の場所に戻った。

慎吾は腰を突き入れた。

「うくっ」

美佐子が喉の奥を響かせながら呻いた。鼻が微かに鳴ったが、声にはならない。豊かな腰がブルンと震えた。

慎吾が願っていたとおり、割れ目の奥には粘液が溢れていた。厚い肉襞をくぐり抜けると、その奥はたっぷりと粘液が滲み出ていた。くちゃくちゃと湿った音があがる。外側の厚い肉襞にまで粘液が洩れ出てくる。

割れ目は狭く窮屈だ。粘液が潤滑剤の役割をあまり果たさないくらいの狭さになっていた。陰茎にざらついた感触が拡がっていく。それが不思議なことに気持がいいのだ。

その快感は陰茎が受ける刺激によってだけで生まれているのではなかった。慎吾は身震いした。まるで厭がる女性の割れ目に無理矢理、陰茎を挿《さ》している感覚が芽生えたのだ。

危険な野獣になった気がした。

自分の欲望を満足させることだけに忠実になっている気になった。戸惑いを覚えた。頭の芯の痺れが強まった。陰茎が膨張し、割れ目を押し広げていった。

「すごく、いいです」

慎吾は呻き声をあげた。沈黙を破るといきなり、絶頂の兆《きざ》しが訪れた。

ふぐりの奥が熱くなる。パンツの中におさまったままのそれが、さらに縮《ちぢ》こまる。美佐子の粘液が皺の間に入り込み、そこからもくちゃくちゃと湿った音があがる。

「いくっ」

躯が勝手に硬直していく。美佐子の両足を抱えたまま、上体をあずけていった。交わっている部分に体重をかけていく。陰茎が膨張する。ふっくらとしたお尻がさらに浮く。尖った先端が窮屈になる。ベッドカバーを美佐子が握り締める。ベッドが揺れる。成熟した大人の表情が歪む。

陰茎のつけ根が熱くなった。

同時に痺れた。

白い粘液を堰《せ》き止めていた堤防が崩れるのを感じた。幹の中心をそれが駆け上がっていく。躯が震える。

慎吾は息を詰めた。

「ああっ、熱い、すごいわ、君、あっ、いいっ、すごい」

美佐子の甲高《かんだか》い声が部屋に響いた。足が伸びきり、硬直した。腰を折った状態のまま全身が痙攣《けいれん》した。

「よかったわよ、とっても」

荒い呼吸の合間に、美佐子が囁いた。汗ばんだ額に髪が張りつき、その髪に沿って汗が流れ落ちている。口紅が剝げている。くちびるからはみ出しているところがあり、それが妖《あや》しさを醸《かも》し出している。

慎吾が陰茎を抜き、軀から離れた。

美佐子のくちびるが開くと、ふうっとため息を吐き出し、ワンピースの裾を自ら引き下ろした。パンティとストッキングが隠れた。ベッドカバーがよじれているだけで、まるで何事もなかったかのような様子に戻った。

美佐子が軀を起こした。

何もなかったわけではない。美佐子が疲れ切ったようにもう一度、ため息をついた。そしてゆっくりと立ち上がり、力のない足取りでバスルームに消えた。

シャワーを使う音が洩れてきた。

慎吾は陰茎をパンツに押し込める。膨張したままだ。萎える気配はまだなかった。先端の笠がヌルヌルしていて、それが気持悪い。射精するまではそれが気持よかったはずなのに、と想いながら、これが男の感情の自然な流れなのだと思い直した。パンツに押しつけ、粘液を拭い取った。

美佐子が戻ってきた。

バスローブを着込んだ姿が艶《なま》めかしい。色香が漂っている。慎吾はふっと、彼女はまだ絶頂まで昇りつめていなかったのだ、と気づいた。彼女の表情をうかがう。怒っているような色合いは浮かんでいなかった。それどころか満足した気配ばかりが漂い、そのことが意外に思えた。

「すみません、自分ばかりで……」

慎吾はうつむいたまま言うと、晴れやかな声が返ってきた。

「ふふっ、いいのよ。君は若いんだから。それで、いいの」

「そう言ってもらって、よかった」

「わたしもよかったわよ」

「よかったって、どういうこと?」

「君の軀にまだ、野獣が潜《ひそ》んでいたから」

「野獣って、男らしさという意味ですか?」

「ちょっと違うな。男の気概、という感じかなあ。わたしね、ちょっと心配だったの」

「金井社長と江田さんに色目を遣っているかもしれないって?」

「茶化さないで」

慎吾は口元から笑みを消した。美佐子が真面目な顔に変わっていた。目元が引き締まった。目の潤みがすっと消え、瞳の奥から強い光が放たれた。

彼女のくちびるが開いた。

「バーにいる時、君、みんなの顔色ばかりうかがって、ちっとも愉しそうではなかったでしょ。就職先の社長と紹介したわたしが隣に坐っているのだからしようがないとは思ったけど、しかしそれを差し引いてみても、ちょっと、遠慮しすぎているように感じたわ」

「すごいところを見ているんですね」

「あなたに決めた、という責任がわたしにはありますからね」

「三人の女性に対して、ぼくは、どんな風に振る舞えばいいのか、わからなかっただけです。三人の関係もわからず、勝手なことしちゃいけないって思ってましたから」

「気にしすぎよ。君は勝手に振る舞っていいのよ。分別をわきまえている大人とおつきあいしたいと思っていたら、悪いけど、君なんか選ばないから」

「そうですね。話を戻してもいいですか、ぼくは大丈夫です。自分の魂まで売り渡したわけではありませんから」

「よかった、その言葉を聞きたかったわ」

美佐子がうなずき、ふふっ、よかった、と呟きこうつづけた。目の前の欲と引き替えに、魂をさっさと売り渡してしまう男ってね、たくさんいるのよ、強運の持ち主であるためには、自分らしさを貫《つらぬ》いていることが必要なの、前提条件といってもいいわ、魂を売り渡した者に幸運はやってこない、君が就職ひとつでそんな風に成り下がるとは思わなかったけど、ちょっと心配だったの。

　無理矢理セックスをすることで、それが見極められるのか。そんな疑問がチラと浮かんだが、だからといって美佐子の話の説得力が減じるわけではなかった。

　誘われた理由がわかり、ようやく口元に笑みを浮かべた。

「そうよ、そうしたゆとりのある笑いを浮かべて欲しいな。笑いたい時に笑わないとね。他人の顔色をうかがいながら、調子をあわせるだけの笑いしかできない男のところには、幸運がやってこないもの」

「笑う門には福きたる、ですね」

　美佐子がうなずいた。

　その時、慎吾の脳裏にふっと、あまり笑わなかった江田昭子の顔が浮かんだ。地味な女性だった。華やいだ雰囲気のある美佐子や金井美貴子とは違った気配が漂っていた。

　あの女性も、強運の持ち主なのだろうか。一流企業の重役と結婚しているからといって、それだけで、強運の持ち主ということになるのだろうか。

「江田さんも、運の強い女性なんですか」

　慎吾はためらいがちに訊いた。話を逸《そ》らしていると思われたくなかった。美佐子が濡れた髪を指先で梳き上げると、朗《ほが》らかな声で応えた。

「どうして？」

「笑わない人だったから」

「そうかしら？」

「六人の女性のグループというのは、基本的に皆さん、強運の持ち主なんですよね。あまり笑わないから幸運がやってこない、ということだと、江田さん、どうなのかなって思ったんです」

「あの人はね、すごい女性なのよ」

美佐子が感心したように声をあげた。馬鹿にして言っている目つきではない。それどころか瞳には、尊敬にも似た色合いが滲んでいた。

「美佐子さんがそう言うなら、本物ですね」

「そうよ、あの人は本物。ただ、わたしや金井美貴子とは別の種類の本物ね」

背中がぞくりとした。大人の女性が、本物だ、と断言しているのだ。言葉の強さに軀が痺れる。そんな風に、自分も評されてみたい、とも思った。

「あの人の場合、自分のつきあっている男性に幸運をもたらしてくれるの。いわゆる、あげまん、と呼ばれる人よ。映画のタイトルでそういうのがあったでしょ」

「東証の一部上場企業の専務さんの奥さんでしたよね」

「今はそうだけど、ほんの一〇年程前までは脱サラしたものの事業がうまくいかずに、パチンコばかりしていた旦那の奥さんでしかなかったんだから……」

美佐子によると、江田昭子はそれまで、秘書をしていたらしい。昼食の後、ひとりで喫茶店でお茶を飲んでいる時に、今のご主人と出会った。それはいわゆる一目惚れという類《たぐい》のものではなかったようだ。『みすぼらしい恰好をしていたけれど、光輝いていたの。光の道が出来ていて、それが雲の上までつづいていたの』と、昭子が言ったそうだ。

言い寄ったのは昭子のほうだ。つまり昭子がその男性に賭《か》けたのだ。そしてついには、秘書の仕事をなげうち、結婚した。それが一〇年くらい前のことだったのだ。それ以来、衰退著《いちじる》しいアパレル業界の中で、昭子の夫が興《おこ》した会社は華々《はなばな》しい業績を誇るようになった。今では独《ひと》り勝ちに近いらしい。

「彼女はひとりの男を育てたのね。その悦びが忘れられないらしいわ」

「自分にやってくる幸運を、男に分け与えているんですか」

「どうかしら？　彼女のこと、気になってきたのかしら」

「それはそうですよ。グループの一員なんでしょ、江田さんも。気になって当然です」

「それだけかな？　あの人に自分も育ててもらおうって思ったんじゃないかしら。それとも彼女が豊かなおっぱいの持ち主だと気づいたからなの？」

「とんでもない」

慎吾は強い口調で否定した。すると美佐子が軀を寄せてきて、

「だめよ、あの人に行っちゃ。君は、わたしが見つけてきたんだから」

と、耳元で囁いた。

3

一二月に入った。

金井美貴子や江田昭子とバーで会い、その後、五代美佐子に誘われた夜から、一週間程経った。クリスマスツリーの飾りつけをはじめたり、赤と緑色の対比が鮮やかなポインセチアを軒先《のきさき》に並べている気の早いお店もぽつぽつと見かけるようになった。

テレビやラジオでは師走《しわす》の慌ただしさを伝えているが、慎吾にはほとんど関係がなかった。同級生でハワイ帰りの河合と電話でそんな話をした時、こんなにのんびりしている一二月を送れるのはきっと、これが最後だよ、サラリーマンになったからといって安泰《あんたい》ではないしね、馘《くび》にならないとも限らないし、リストラにあうか、倒産して路頭に迷うかもしれない、そうなったら穏やかな気持で過ごせるはずがないからね、十分、堪能しておかな

くちゃなあ、といつになくしんみりした声で言っていた。

慎吾はベッドから這い出ると、コタツのスイッチを入れた。ベッドの脇に置いた時計に目を遣《や》った。一〇時半を過ぎていた。

窓の外に日だまりができている。のびをひとつすると、コタツに足を入れた。部屋は寒かった。吐き出す息が白い。軀を丸め、暖かくなるのを待つ。膝の裏側にてのひらを差し入れて暖をとった。

手帳をめくり、午後の講義がひとつだけしかないのを確かめる。出欠をとる教授の授業だ。試験がどんなにひどい成績でも、出席さえしていれば単位がとれるという噂だった。卒業できるだけの単位まで達しているかどうか、ギリギリのところだけに、欠席するわけにはいかない。

その後、五代美佐子から連絡はなかった。すでにグループの女性六人全員が慎吾の携帯電話の番号を知っているということだったが、金井美貴子からも、江田昭子からも、そしてほかのまだ会っていない女性たちからも、電話が入ることはなかった。

午後一時からの授業まで、まだ間がある。慎吾は便箋を取り出した。ちょっとした時間ができると手紙を書くという習慣がいつの間にかできていた。

真里に手紙を書くためだ。

中学の時の同級生で、慎吾にとっての心の拠《よ》り所でもあった。辛《つら》いことがあると必ずといっていいほど彼女に宛ててへたな文字でペンを走らせた。手紙を書いているうちに、混乱している頭の中が整理できるし、落ち着きも取り戻すことができるのだ。

前略　真里さん

一二月に入り、世間はとても慌ただしくなっているようです。就職が決まったおかげで、いいのか悪いのか、ぼくだけはのんびりと過ごしています。

以前の手紙で『とっても不安です』と書きましたね。覚えているでしょうか。その不安についてですが、いくらか拭えてきました。

女性のグループに魂を売り渡すことになるかもしれない、という不安がつきまとっていました。そんなことはなかったようです。というのも、ぼくのことを紹介してくれた女性（つまり魂を買うほうの立場になる相手ですね）が忠告してくれたんです。

強運を持ちつづけるためには、自分らしくなければいけない、と。ぼくが就職のために魂を売ったのではないか、と心配してくれていたのです。

東京にはいろいろな人がいるものです。ぼくのような二流大学しか入れなかった男で、しかも有力なコネクションなどひとつもないというのに、潜在している器量を認めてくれる人たちがいるんですから。

友人の河合。覚えていますよね。

あいつは、コネクションで広告代理店に就職できたんです。大手企業の社長の息子なんですね。彼は自分でも時折、自嘲気味に『おれは代理店に入社したんじゃないぜ。うちの親父の会社からの広告出稿が減らないように、会社がおれを人質としてとっただけなんだ』と言っています。

そんなこと言っていながらも、彼の心の裡にはぼくらに対しての優越感が確かにあるんです。その優越感が何に拠《よ》っているのかということを、彼自身もわかっています。だから自嘲気味になってしまうんですね。

そうだ、もうひとつ。

ぼくがここ数日、気になっていることを告白します。

例の女性グループのひとりです。その女性、すごく運が強いらしいんですが、自分に巡ってくる運を、ご主人に渡しているみたいなんです。

会ってみたいなっていう気持が、日を追うごとに強くなってきています。就職を世話してくれた人に対して悪いので、会わないほうが筋かもしれませんが、この気持を抑えられそうにありません。

師走《しわす》の東京より君を想って　慎吾

手紙に書いたことで、今まで漠然としていた思いが浮き彫りになった気がした。そうだ、おれは江田昭子のことが気になっていたのか。

無意識のうちに書いたことかもしれないが、実は真里が教えてくれたようにも思えた。江田昭子から誘いがあったら、会いにいってしまうだろうな。慎吾はそう胸の裡で呟き、ボールペンをコタツ板の上に置いた。

運にもいろいろな種類があるものだ。自分の力で引き込む運もあれば、江田昭子のような女性を妻にすれば棚《たな》ぼた式に幸運が転がりこんでくることもあるらしい。

江田昭子はそれで幸せなのだろうか。

自分のことよりもなぜか、そのことが気になった。夫の充実を自分のことに思えれば、それで幸せかもしれない。

いや、どうだろうか。

本当にそんなことがあるのか。人間はそんなに単純ではないし、そんなにおめでたいものでもないはずだ。

江田昭子の楚々《そそ》とした雰囲気を思い出すうちに、彼女が幸せと不幸せのちょうど中間のあたりで気持をくすぶらせているのではないか、という気がしてきた。

まずい。

慎吾は彼女のことを頭から離そうとした。考えるうちに、自分がどうにかしてやらなければいけない、という想いが強まってくるのだ。それはつまり、江田昭子が好みの女性ということだったが、慎吾はそれに気づいてはいなかった。

「さて、出かけるか」

慎吾は声をあげた。木造モルタルの四畳半の狭い部屋に、その声はさほど響くことはなかった。

ジーンズを穿《は》き、古着屋で買ったセーターを着込む。それだけでは寒そうだったので、厚手のフリースをその上から着ていると、ドアをノックする音がした。

強くドアを叩く。部屋がわずかに揺れる。コタツ板の上のボールペンが転がりそうになった。

河合だな。予想をつけてドアを開けると、日焼けした男の顔があった。

「やっぱり、おまえか」

「やっぱりとはひどい言い草だな。おまえ、おれと同じコマの授業、とっていたよな。きっとアパートにいるだろうと思って、立ち寄ってみたんだ」

「電話してくれれば、お茶でも用意して待っていたのに」

「何言ってやがる。こんな汚い部屋で、落ち着いてお茶なんて飲んでられるか」

そう言いながら部屋にあがり、ガスコンロに火をつけはじめた。大学一年からのつきあいで、何度かこの部屋に泊まったりしているから勝手がわかっているのだ。

「緑茶にするか、それともコーヒーか？　コーヒーはインスタントだ」

「気を遣わなくてもいいよ。おまえの支度ができるまで、コンロで暖をとっているだけだ。それにしても、東京の寒さを暖房器具なしでよく過ごせるよな」

「コタツがあるから大丈夫さ」

「おれにはとても無理だ。おい、倉木、どうせ金がないんだろ、おれがおごってやるから、喫茶店でランチを食おうぜ」

ハワイ帰りの日焼けした顔で、あっけらかんと言い放つ。ずけずけと痛いところを突いているというのに、少しも悪びれた様子はない。それが何の苦労もなく育ってきたボンボンらしくて、慎吾は気にならなかった。

大学の近くの喫茶店に入った。一二時ちょっと前だ。喫茶店はふたりが入るとちょうど、満席になった。

「月はじめなのに、もう金がないのか」

心配そうな表情を河合が浮かべた。おまえの心細そうな顔を見ただけで、金がないのはわかるんだよ、それでもなんとかやっているんだからな、いや、それどころか、新宿のホテルの最上階のバーでうまい酒を飲んでいたそうじゃないか、朋絵さんに聞いたよ、まったく変な奴だな、おまえは。河合がつづけてそう言うと、ため息を大きくつき、入ってくる数人の女子大生に目を遣った。

「金を使い果たしたわけじゃないよ。仕送りが遅れているだけなんだ。母ちゃんに連絡したら、あと二日待ってくれないかって言われた。ほんと、参った」

「そうか」

「おまえには、このせつなさがわからないだろうなあ」

「金のないせつなさは経験したことないからな、残念ながら」

「そうじゃないよ。母親が申し訳なさそうな声で謝るんだ。そんな声、聞きたくないだろ？　だから金を送って欲しいのに、大丈夫だなんて言っちゃうんだ。早く働きたいよ。そうすれば、毎月のように味わっているこのせつなさから逃れられるのになあ」

「泣ける話じゃないか」

「ほんと、泣けてくるよ」

「おまえはしかし、貧乏に負けていないところがいい。うん、すごくいい」

河合が納得したように大きくうなずいた。

「ひとつ訊いてもいいかな」

慎吾は声を低くして言った。何でも訊けばいいじゃないか。四年間もつきあってきた仲だぞ、今さら、何を訊かれたって、どうってことないさ。河合がやはり低い声で応えた。

「おまえの親父さんのことだ、社長になれたのはどうしてなんだ」

「夢が大きいな。就職が決まったと思ったら、もう社長を目指しているというわけか」

「まさか」

「それじゃ、なぜ、そんなことを訊くんだ」

「運について知りたいだけだよ」

「運を持っている奴程、運について貪欲になるんだな」

「日本人のほとんどの人が知っている会社の社長になるからには、かなりの幸運の持ち主であることは間違いないだろう。おれが気になっているのは、それがお父さんひとりの運なのか、それともお母さんの運があったからこそなのか。そこのところを、おれは訊いてみたくなったんだ」

「父の運か？」

吐き捨てるような響きを感じて、慎吾は顔をあげた。河合の表情に、これまで見たことのない険《けわ》しさが滲み出ていた。

こいつは父親を嫌っている。

心の裡が晒《さら》け出されている。それが育ちのよさ故《ゆえ》の甘さなのか、持って生まれたやさしさや穏やかな心を持っているからなのか。

慎吾は自分なら、こんな風に相手につけいられるような表情は見せないだろう、と思ったが口にしなかった。

そういえば、河合と知り合って四年近く経つが、父親のことをどう思っているのか、彼が話したという記憶がないことに気づいた。

「あの男に運があるとは思えないな」

「父親のことを、あの男呼ばわりするのか」

「そうだ、それで十分だ」

河合の口調が尖っている。グラスを摑むと、水をいっきに飲んだ。氷を口にふくみ、がりがりと嚙み砕いた。

「話題にしたくないのなら、無理に話さなくてもいいんだ」

「話題にするのは不愉快だけど、おまえの望みだからな、話すことにするよ」

「嫌いなのか？」

「まあな」

「なぜか、と訊いてもいいか？」

「そう言うことで、すでに訊いてることにならないか」

「そんな風に突っかかられると、どう返答していいか困るよ」

「悪かったな。なあ、倉木。おれの家柄がいいのは知っているよな」

「もちろん」

「都心ではないけどな、武蔵野《むさしの》の一〇〇〇坪もの敷地は、父の才覚でものにしたわけではない。あれはすべて、母方が資産家だったおかげだ。どうだ、驚いたか」

「まあな、裸一貫からはじめて会社を大きくしていったのかと思っていたよ」

「それなのに偉ぶっているんだからな、頭にくるよ」

「親父さんの力はなかったと言いたいのか」

「そうだよ。今の会社も実は、母方の祖父が興《おこ》したものなんだ。それに……」

「それに？」

「父は養子だ。自ら志願して、養子になったと祖父から聞いている。祖父はずいぶん、反対したらしいんだよ」

「なぜだい」

「祖父は明治生まれだからね、男たるもの、自分で道を切り拓《ひら》かなければいけない、と考えていたようだよ。資産家に養子として入って、のうのうと暮らそうとする男の狡猾《こうかつ》さが厭だったんだ。おれにはわかるよ、祖父の気持が……」

「わからないでもないな」

「おまえを見ていると、だからこそ、面白いんだ」

「だからこそって……。どういうことだ」

「おまえは自分の持って生まれた運の強さを信じているだろ。気持がいいよ、そういうのって。運の強い者によりかかって生きようなんて、少しも考えていないじゃないか。人生を狡《ずる》く生きていないよ」

「当たり前だ。よりかかろうとしても、よりかかれる相手がいないからさ」

「いや、違うな。よりかかる相手がいたとしても、おまえはそんなことはしないだろう。狡く生きることを潔《いさぎよ》しとしないはずだよ」

「ありがとう。それ、誉め言葉として受け取っておくよ。ところで、お袋さんは強運の持ち主ではないのかい」

「お嬢様だからなあ、母は。今でもお手伝いさんがふたりもいるんだぞ。バブル経済が弾ける前は、三人だったんだ」

「すごいな、それ」

「母の運について言えることは、資産家のひとり娘として生まれてきたことが最大の幸運だったんじゃないのかなあ」

「確かに、そうだな」

「でもな、倉木、生まれた瞬間に最大の幸運をもらった者というのは不幸だぞ」

河合の口調がいちだんときつくなった。意味深な言葉に感じられた。彼自身のことを言っているようにも思えた。

運についての話をつづけることに気がひけて、慎吾は恋人の朋絵の近況を教えてやりながらランチを食べた。朋絵、なかなかやるんだぜ、大学院の一次試験、彼女、受かったんだってさ、年内に二次試験があるらしいよ、だから会えないわけだ、おまえによろしくって言っていたぞ、しかしなあ、なんてったって哲学の専攻だろ、電話で話していても話が難しくてなあ、と困った顔をすると河合の顔にようやく笑みが戻った。

その時だ。

慎吾の携帯電話が鳴った。

朋絵からかと思ったが、初めて見る携帯電話の番号が表示されていた。

いたずら電話か。

女性の声だ。

慎吾は息を呑んだ。

思いがけない相手からだった。

江田昭子だ。

「覚えているかしら？」

「もちろん、です。先日は、楽しかったです。でも、あんまり話ができなくて、すみませんでした」

「いいのよ、あの場は五代さんが仕切っていらしたから仕方ないわ。そんなことより、ねえ、倉木君、これからちょっと、おつきあいしていただけないかしら」

「これから、ですか？　午後の九〇分の授業が終わった後なら、大丈夫ですけど」

「いいわよ、それで。わたし今ね、麻布《あざぶ》のテニスクラブにいるのね。小さな大会に、ダブルスで出場していたんだけど、二回戦で負けちゃったの。車で移動しているから、都合のいいところまで迎えに行ってあげるわ。授業が終わったら、わたしに電話、ちょうだい」

そこで電話が切れた。

慎吾の胸は高鳴った。この動悸《どうき》は性欲の迫りあがりの兆《きざ》しかもしれない、と思った途端、陰茎に弱い脈動が走った。

4

真っ赤なRV車が大学の裏門に近づいてきた。フロントガラス越しに江田昭子の顔が見えた。左ハンドルだった。

車から降りると、軽やかにガードレールをまたいで近づいてきた。

「近くまで来ていたのよ、驚いたでしょ」

ショートヘアが風でなびく。肌が焼けている。テニス焼けなのだろうか。四〇歳という年齢よりもはるかに若く見える。

「テニス、やっているんですね。でも、その肌の焼け方、テニスではない気がします」

「どうしてわかるの？」

「サークルですけど、ぼくも少し、テニスをやっているんです」

「そうだったの、へえ。今度、教えてもらおうかなあ。いいでしょ？　それとも五代さんの許可が必要なのかしら」

一週間程前、西新宿のホテルの最上階のバーで初めて会った時の楚々とした物静かな雰囲気とはずいぶん違っていた。

外車のRV車を自ら軽快に運転していることが意外だった。コーデュロイのパンツを穿《は》き、躯のラインを浮き上がらせるタートルネックのセーターを着ていることも、慎吾の予想外だった。そしてなにより、言葉遣いが明るくはつらつとしていることに驚いていた。鬱々《うつうつ》とした性格ではないか、と想像していたからだ。

いくらか気が楽になって車に乗り込んだが、なにしろ外車のシートに坐るのも、RV車に乗ることも初めての経験で、どうにも居心地が悪くて緊張した。

普通の乗用車よりも目線が高く、視界が広い。革張りのシートを除くと、豪華な内装ではなく、どちらかというと質実剛健といった雰囲気だ。

「さあて、どこに行こうかしら」

シートベルトを装着すると、昭子が明るい声をあげた。無理している声音《こわね》ではなく、浮き立つような朗《ほが》らかな響きがあった。鬱々とした雰囲気の女性ではない。話題選びに気を遣わなくてもよさそうな、気さくな女性のように思える。

一般道をしばらく走ると、首都高速に入った。河合のドライブにつきあった時に二、三度、首都高速を走ったことがある。その時はいずれも夜中だったから、東京の景色を昼に首都高速から眺めるのは初めてだ。

昭子はなんのためらいもなく、料金を払う。河合と走った時は、高速料金をどちらが払うかで必ずもめた。

「ビルの間を縫うように走っているみたいですね、面白いなあ」

慎吾は自分でも信じられないくらい素直で平凡な感想を呟いた。左側に坐っている江田昭子が正面を向いたまま微笑んだ。

やさしそうな瞳だった。駆け引きや競争といったこととは無縁の、穏やかで安らかな色合いが滲んでいる。

視線をタートルネックのセーターに包まれた乳房に移した。軀に張りつくセーターが、たっぷりとして豊かな乳房を強調していたのだ。ブラジャーから乳房のすそ野が溢れ出ている。静かに呼吸をしても、胸元がブルブルと震える。

五代美佐子とふたりきりになって江田昭子の噂話をした時のことを思い出した。昭子に興味を示すと、何の前触れもなくいきなり、『豊かなおっぱいの持ち主だと気づいたからなの？』と訊かれたのだ。バーの暗がりの中ではわからなかったが、今ようやく、美佐子の言った意味がわかった。

「今夜、時間あるかしら」

「えっ、今夜ですか。夜までまだ、ずいぶんと時間がありますよ」

「そうね」

「ぼくなんかと一緒で、つまらなくなりませんか」

昭子がため息を吐き出し、自分を無理に卑下《ひげ》したりしちゃ、せっかくの魅力が台無しになっちゃうわよ、と呟いた。そして短く咳払いをすると、

「夜まで大丈夫なら、ちょっと遠出しようかなあって思ったの。予定入っているかしら。それともわたしとドライブするの厭?」

と、つづけた。

「厭だなんて、とんでもない。ほんと言うと、すごくうれしいんです」

「まあ、お世辞が上手ね」

「五代さんにも同じことを言われましたけど、本心を正直に言葉にしているだけです」

「五代さんね……」

正面を向いたまま独り言のように呟いた。五代美佐子に対して、何らかの気持を抱いている口ぶりだった。それが憎しみなのか、それとも同情なのか。慎吾にはまったくわからない。

RV車は高速道路に入った。

最初のサービスエリアで三〇分程、休憩をとった。レストランに入り、コーヒーを飲んだ。大学の話や就職で五代美佐子に世話になったことを話したが、彼女の口から、先程の

意味深な独り言のような呟きの理由を聞くことはできなかった。

ふたたび本線に合流した。

交通量は少ない。それでももっとも左側の車線を保って走りつづける。

昭子が運転席側の窓を少し開いた。風を切り裂く音が車内に響く。ショートヘアが揺れる。セーターの胸元に風が当たるが、そこは少しも揺れない。乳房が充実しているのが見て取れる。

触りたい。

ぬくもりを感じてみたい。

慎吾の心にいきなりそんな感情が湧いた。

性欲が迫りあがってきたからではない。自分でも戸惑うくらい、江田昭子を身近に感じたいと思った。サービスエリアで話をしたからか。いや、そうではない。コーヒーを飲みながらの話は雑談ばかりで、踏み込んだ話などしなかった。

彼女の軀から放たれている雰囲気に影響を受けていたのだ。自分の弱さや辛さや苦しさをぶちまけても、受け止めてくれる気がした。そんな風に思わせる、男を包み込むようなやさしさが滲みでているのだ。

そうした感情を抱くことは、これまでほとんどなかった。

五代美佐子と肌を重ねても、同級生の朋絵と交わっても、せつないくらいの想いが湧きあがることはなかった。

真里に似ている。

そうだ、真里に似ているのだ。

真里と同じ気配が感じられるからこそ、そう思うのだ。慎吾は胸が高鳴った。そうした女性と出会うことは奇跡に近い。

インパネを覗き込む。スピードメーターに目を遣った。時速一〇〇キロちょうどを保って安全に運転している。

唾《つば》を呑み込んだ。腹筋に力を込めた。深呼吸をして、気持を落ち着けようとした。けれども、迫りあがってくる衝動にも似た想いを止められなかった。

「触っても、いいですか」

慎吾は囁いた。

風が切り裂かれていく音に、声がかき消される。江田昭子の表情に変化はない。聞こえなかったようだ。真剣に前方を見つめ、運転をつづけている。慎吾はもう一度、先程よりも大きな声をあげた。

「触れたいんです」

「何？　もう一度、おっしゃって」

「聞こえなかったんですね。ぼくは今、あなたに触れたいんです」

「おかしな人ねえ、どうしたのかしら、いきなりそんなこと言い出すなんて……」

江田昭子が口元に笑みを湛《たた》えたまま言った。

ハンドルを握り締める。乳房を隠すように腕をあげた。アクセルを踏み込んだ状態で、太ももを合わせた。右肩をわずかに前に出し、慎吾の視線を遮《さえぎ》る。

拒《こば》まれている。

そうとしか思えないしぐさだった。

体中が熱くなった。

失言してしまったらしい。自分の想いが正確に伝わらなかったのだろうか。それとも伝わったからこそ、拒んでいるのか。

慎吾は軀を硬くした。そして彼女の横顔から、心の裡を読みとろうとした。

その時だ。意外な言葉が返ってきた。

「どこに触りたいの」

慎吾は応えなかった。

ただ、腕だけは動かした。昭子の腕をかいくぐりながら、乳房の先端のあたりに指先を伸ばした。カシミアのやわらかみを指の腹で感じた。ほんのりとした温かみも伝わってきた。乳首の在処《ありか》を探ろうとして指を立てたが、ブラジャーに包まれているそれを見つけることはできなかった。

慎吾はそこで指を引っ込めた。

「倉木君、ねえ、わたしのセーターに触りたかったのかしら」

「そんなことありません。ただ、運転の邪魔しちゃいけないと思って……」

「ふふっ、おかしい人ね、やっぱり。もうとっくに邪魔になっているわよ」

「あっ、ごめんなさい」

それには応えず、昭子が左サイドのウインカーを点《つ》けた。地名がわからないが、とにかく高速道路を降りるようだった。

料金所を通り抜けた。

前方を走る車にテールランプが点いた。江田昭子がヘッドライトを点ける。一二月に入ってからというもの、日が落ちるのが極端に早くなった。東京を離れ、ネオンが少なくなったこともあるようだ。五時前だというのに薄闇が広がりはじめていた。

「君のせいよ」

朗らかに昭子が言った。何を意味しているのかわからず、何がですか、と訊き返すと、ふふふっ、と小さな笑みで応えた。

そしてハンドルを握り直し、

「ほんとはね、日帰りで温泉につかってこようかなって思っていたの。だけどね、その計画、中止にしたわ」

と言うと、ため息をついた。

「どうして、ですか」

「だから、君のせいよ」

「何かしたという記憶がないんですけど」

「ふふっ……」

江田昭子の表情が変わった。

ほんのわずかな変化だった。慎吾はしかし、それを見逃さなかった。日焼けしている頬から顎にかけて、ほんのりと赤らんでいたのだ。横から見える瞳が、浮き上がって立体的に見えた。潤みがじわじわと瞳の表面を覆っていくのもはっきりわかった。

Ｕターンを一度すると、高速道路に沿って走る一般道に入った。ＲＶ車がどこに向かっているのかそれで察しがついた。

ラブホテルだ。

何のためらいもなく駐車場に入り、フロントまで昭子が先を歩いた。

平日の夕方だ。この時間にラブホテルに入る人は少ないようだ。使用している部屋は三つだけだった。部屋を紹介するパネルには二〇室近くも明かりが灯《とも》っていた。

そこでも昭子は堂々としていた。誰かに見られるかもしれない、などとおどおどすることもなければ、顔を隠そうともしない。

「入ってみたかったんだあ、こういう場所に。今まで、高速道路を走りながら、横目で見ているだけだったんだから」

「初めて、なんですか」

「ええ、もちろん」

いくらか恥じらいながら昭子が応えた。

こういう女性もいるものなのか、と慎吾は感心して昭子を見つめたが、視線などまったく気にならないようだった。部屋によって趣向が違うことに驚いて、平気で声をあげた。普通なら、こそこそとエレベータに向かってもおかしくないのに、まったくそうした雰囲気はなかった。

五分程パネルの前にいて、結局、もっとも高い料金の部屋を昭子が選んだ。

部屋に入った。

そこでも慎吾の予想外のことが起こった。

いきなり抱きしめられた。

部屋の設備や広さに感心する様子はない。軀を密着させると、腕を背中に回してきた。

セーター越しにたっぷりとした豊かな乳房を感じた。テニスで鍛えているからか、背中に回した腕に力強さがあった。ショートヘアから柑橘《かんきつ》系のシャンプーの香りが湧きあがってくる。上体を揺すりながら、乳房をこすりつけてくる。

「君のせいなんだから……」

「よく、わかりません」

「わたしのこと、こんな風に淫《みだ》らな気持にするんだもの。普段のわたし、清楚《せいそ》な奥様で通しているのよ」

「どうして、そんな風に変わったんですか」

「君が、素敵だったから」

「それ誉め過ぎです。やめてください。歯の浮くような科白《せりふ》は……」

「そうかしら？　もし君が本心からそう思っているとしたら、自分の魅力に気づかないのは不幸よ」

昭子が顔をあげた。くっきりとした二《ふた》重瞼《えまぶた》だ。鼻筋がすっととおっている。美形なのは確かだが、澄ましてとっつきにくい美人ではない。薄いくちびるを開くと、並びの整った白い歯が見えた。

キスを欲しがっている。

くちびるが半開きになった。白い歯の間から鮮やかなピンク色の舌が見える。うっすらと目を閉じると、鼻を小さく鳴らした。

慎吾はくちびるを寄せていった。

熱いくちびるだった。ブラジャーとセーター越しながら、乳房もまた熱く火照っているようだ。こんなに素敵な女性と巡り会えたのはやはり、自分が強運を持っているからだ、と舌を差し出しながら思った。

尖った舌が、舌先を突っついてきた。

小鳥が餌をついばむように小刻みに、可愛らしく動く。四〇歳の女性を可愛いと思うのは失礼になるのだろうか、と考えるうちに陰茎が硬くなりはじめた。

下半身を密着させているから、その変化をすぐに昭子に悟られた。

「ああん、もう、大きくなっているのね。大学生ってこんなにすごかったかしら」

くちびるを離すと、慎吾の肩に顔を埋めながら呟いた。乳房をこすりつける。同時に陰茎を刺激するように、下半身の密着度を強めながら左右に揺すった。

躯をわずかながら離した。昭子が潤んだ瞳で見つめてきた。射抜くような強い光を放っている。頬から顎にかけての赤みが強まり、それが首のほうにまで拡がっている。タートルネックで隠れているが、確実に火照っているはずだ。

陰茎をいきなり握られた。

撫でるといったやさしいものではない。陰茎の膨張を確かめている。ズボンを押しつけ、浮き彫りにする。

呻《うめ》き声が昭子のくちびるから洩れた。

「やっぱり、すごく逞しくなっているのね、ああっ、君、とっても素敵よ」

「昭子さん……。名前を呼んでもいいでしょうか」

「もちろん、いいわよ」

「助かりました。どんな風に呼んでいいのかわかりませんでしたから。昭子さん、素敵な顔に似合わず、やることがすごく大胆で、ぼく、びっくりしっぱなしです」

「そうかしら。わたしはね、誰に何と言われようとも気にしないの。自分がやりたいと思ったことをするのよ。そうだ、五代さんたちがわたしのこと、何て言っているか、教えてくれないかしら」

「言えません、ぼくの口からは……」

「あげまん、と呼ばれているのは知っているから安心してね。ほかに、何か変わった呼び方していたかしら」

「いえ、ぼくもその程度しか、昭子さんのこと聞いていません」

「まあ、いいわ。口が堅いことも大人のつきあいをしていくためには重要なことだから。ねえ、わたし、君と一緒にお風呂に入りたくなってきちゃった……」

「温泉の代わり、ですね」

「ねっ、いいでしょ」

甘えた声で囁いた。

顔を埋められている肩口が、湿り気を帯びてきた。ほんのりとした温かみを感じる。昭子の顔が離れた。

風呂場に導かれた。

ドアを開けると、三畳程の広さがあった。御影石《みかげいし》が敷き詰められている。

浴槽は楕円形で、泡風呂になる設備が組み込んであった。

「すごい、広いや。ぼく、この一・五倍の広さの部屋で生活しているんですよ。信じられない広さだ」

「ふふっ……」

昭子が微笑んだ。コーデュロイのパンツのファスナーを下ろしはじめた。足元にパンツを落とすと、セーターを脱いだ。慎吾が手伝おうとしても、そんな間合いはなかった。あけすけでさっぱりとしているように思えるが、それでいてエロティックだった。欲望を自然に晒しているからなのだろうか。普通に考えると、雑な女性と思えておかしくないのに、ちっともそんな気がしなかった。

赤茶色のパンティと同色のブラジャーを着けていた。ふんだんに刺繍《ししゅう》が施《ほどこ》されていたが、それよりもやはり豊かな乳房に目がいった。車の中で探りながら想い描いたものよりも、たっぷりとしていた。揉《も》んだわけではないが、張りも十分ありそうだ。

ブラジャーを取り去った乳房を見たい。

乳房に指を食い込ませたい。

脇腹のほうからすくい上げるように揉んでみたい。

陰茎が膨張をはじめた。脈動が確実に強まり、それにつれてふぐりが縮こまった。

ジーンズのファスナーに手をかけた。

しかし慎吾の指は昭子の手に払いのけられた。

「こういうことは、女性に任せなさい。自分で裸になろうなんて思わないで」

「いいんですか」

「どうしてそんなことを訊くの？　君だって自分で脱いだほうがいいなんて、けっして思わないでしょ」

「そうですけど……」

「思ったことをしなきゃ、だめよ」

「些細《ささい》なことでも、ですか？」

「もちろん。君はまだ何もわかっていないから教えるけどね、自分がどう考え、どんな風にしたいのかわかるには、こうした些細なことの積み重ねが必要なの。でなければ、重大な事態に遭《あ》った時に、自分の意思を示そうとしてもできないものよ」

慎吾はうなずいた。五代美佐子から、昭子が夫の興《おこ》した会社を東証の一部上場にまで押し上げさせた、と聞いていたこともあって、目の前にいる女性の言葉が妙に説得力をもって胸に響いた。

ジーンズが下げられる。パンツの中で陰茎は膨張をつづけている。

盛り上がった嶺《みね》を、パンツの上からなぞっていく。湿った熱い息が吹きかかる。それが陰茎だけでなく、太ものつけ根にまで流れてきた。

パンツが下ろされていく。昭子のショートヘアが股間に近づく。慎吾の足元に坐り込む。足の裏を彼女のてのひらが包む。足を上げるようにうながされ、足首まで下ろされたパンツがすっと抜き取られた。

陰茎の先端の小さな切れ込みから、透明な粘液が滲んでいる。下腹が熱い。慎吾の意思とは関係なく、陰茎が跳ねた。先端の笠に滲む粘液をなすりつけながら、昭子の頬を掠めていった。

「間近で見ると、すごく、逞しいのね。ああっ、わたしのお口に全部入るかしら」

一流企業の専務夫人が呻くように言った。そして顔を上げ、

「わたしが舐めているところ、しっかり見ていてね」

と、うっとりするような甘い声で囁いた。陰茎のつけ根を握ってきた。垂直に立った陰茎を引き下ろす。くちびるが開き、舌が差し出される。慎吾の見えるところで、昭子が笠の裏側の敏感な筋を舐めはじめた。

第四章　女性社長の秘密

1

「ねえ、見ていてくれたかしら」

くちびるを半開きにして、江田昭子が口元に笑みを浮かべた。唾液が口の端に溜まっている。それを拭《ぬぐ》おうともしない。淫らな女そのものといった表情だ。膨張した陰茎を握り締めている。それなのになぜか、上品な雰囲気は失われていなかった。

一部上場の会社の専務夫人だからか。それとも彼女自身が生来持っている品性からか。慎吾にはよくわからなかったが、そんな女性に、膨張した陰茎をくわえてもらっていることに高ぶりを覚え、ブルンと身震いした。同時に昭子の手の中で陰茎が勢いよく跳ねた。

「見ていたの？」

昭子がもう一度繰り返した。

浴室の入口で慎吾のジーンズを脱がした時、陰茎を舐《な》めているところをしっかり見ていて欲しい、と甘い声で囁いたのだ。

「見て、いました……」

ラブホテルの浴室に、慎吾のおずおずとした低い声が響いた。

「舐めている時のわたしの顔って、どんなだったかしら」

「どんなって、言われても……」

「いやらしい顔していたでしょ」

「きれいな顔が艶《つや》っぽくなったなあとは思いましたけど、いやらしい顔だなんてちっとも考えませんでした」

「いいのよ、そんな風に回りくどい言い方しなくても。わたしはね、君の逞しいおちんちんを舐めながら、今夜はものすごく淫らになりたいなって思ったの。それが顔に表れていたんじゃないかしら。そんな顔になっているといいなあって思ったの。淫らになりたい時に淫らになれないなんて、悲しいもの」

「ごめんなさい、よく、わかりません。ずっと見ていようと思っていたんですけど、気持がよくて目をつぶってましたから」

「ふふっ……」

昭子が顔をあげたまま微笑んだ。

淫らな表情だった。だがやはり、淫らな顔をつくっても、上品さが消えることはないように思えた。

華奢《きゃしゃ》な肩にかけられた赤茶色のブラジャーのストラップが浮き上がって見える。浴室の赤っぽい明かりに照らされ、肩口が濃い朱色に染まっていた。

浴槽にはすでにお湯が張られている。昭子がチラとそちらに視線を遣ると、ねっ、一緒に入りましょ、と誘いながら立ち上がった。

ブラジャーとパンティをなんのためらいもみせずにさっと脱いでしまった。慎吾が手を出す間はなかった。

美しい……。

それが慎吾の最初に抱いた感想だ。

華やいだ上品な色香が溢れていた。四〇歳の女性の軀とは思えなかった。テニスクラブの会員と言っていただけあって、首筋と腕に日焼けの痕が見える。スポーツで鍛えているからだろうか。それともエステティックサロンなどで軀の美しさのためにお金をかけているからだろうか。どこにもたるみは見当たらない。プロポーションや肌の張りつめ方からすると、お世辞抜きに二〇代と言ってもいいくらいだった。

タートルネックのセーターを着ている時の乳房の膨らみがそのまま、目の前に現れたような気がする。

たっぷりとした豊かな乳房だ。

張りや肌理《きめ》の細《こま》かさを感じる。それは触らなくてもわかった。陰茎をくわえたことでじわじわと肌を染めた赤みに、浴室の湿り気も加わり、全身が艶《あで》やかに輝いている。

円錐《えんすい》の形をした乳房だ。

下辺の房《ふさ》がとりわけ豊かで、乳首がわずかに上を向いている。くすんだ肌色の乳輪はつるりとしていて凹凸《おうとつ》が少なかった。それが高ぶっているせいなのか、普段から凹凸がないのか、慎吾にはわからない。

乳首は幹が太かった。長くはないから、突出している印象はない。乳房全体を眺めた時、乳首の太さと長さが絶妙なバランスに保たれているように思えた。

整った顔だちとプロポーション。しかも一部上場の会社の専務夫人。そこまで条件が揃うと、親しみにくい感じがしてもおかしくないのに、江田昭子の場合はまったくそんなことはなかった。

「ぼんやりしていないで、早く、いらっしゃいよ」

肩までお湯につかった昭子が、甘い声を投げてきた。縦長の形をした陰毛の茂みがお湯の中で揺らめいている。

膨張した陰茎を隠すことなく、勢いよく浴槽をまたいだ。ふぐりの奥のほうまで見られそうな気がしたが、それでもかまわないと思った。昭子の放っている健《すこ》やかさが、慎吾の心をのびのびとさせていた。恥じらうことがこの場の雰囲気にそぐわないことを肌で感じ取っていたのだ。

慎吾は昭子の足を挟むようにしながらお湯につかった。

向かい合う。

自然と視線が絡み、どちらからともなく笑みを交《か》わした。

「倉木君って、なかなか面白い子ね」

「子ども扱いしないでください。もうすぐぼく、二二歳になるんですから」

「ふふっ、わかっているわよ。こんなに逞しいものをもっているんですもの、子ども扱いなんか、できるはずないでしょ」

お湯が揺れた。

湯の中の昭子の手が伸びてきた。白くて細い指が、尖った陰茎を探る。皮はすっかりめくれ、先端の笠が剝き出しになっている。慎吾は腰をあげ、熱い湯の中でも勢いを保っている陰茎を突き出した。

「まあ……」

昭子があからさまに驚いた声をあげた。大人の女性のゆとりが感じられる声音だった。瞳をうかがうと、驚きめいたものは見られなくて、慈しみのこもった色合いだけが滲んでいた。

「お風呂の中で見ると、よけいに大きく見えるものね。ふふっ、素敵よ」

陰茎をてのひらで包み込み、引き寄せる。慎吾は浴槽の縁《ふち》に両手をかけて軀を支えると、腰を浮かせた。

膨張した陰茎が垂直に立てられた。

お湯の中からゆっくりと笠が顔を現す。血管の浮き出ている幹が鈍い輝きを放ちながら姿を見せる。陰毛の茂みがお湯の中でゆらゆらと揺れている。

昭子が空《あ》いているほうの左手で、額《ひたい》に浮かんだ汗を拭った。指先で髪を梳《す》き上げた。そして小さく、ふふっ、と笑みを洩らした。そしてゆっくりと顔を陰茎に寄せていった。

慎吾は腰を浮かせて待ち受けた。

くちびるが先端の笠に触れた。さらりとしたお湯に浸《つか》っていたせいか、唾液のぬるりとした感触が新鮮だった。すぐさま快感につながり、昭子のてのひらの中で陰茎が勢いよく跳ねた。

「ああっ、すごい」

昭子の呻き声が浴室に響いた。

根元を強く摑まれた。

皮を根元に向けて引っ張り下ろしていく。縮《ちぢ》こまっているふぐりを小指で撫でた。皮を先端の笠まで引き上げた。

二度、三度とそれを繰り返した後、昭子が陰茎のつけ根まですっぽりとくわえこんだ。くちびるでつけ根を締めつけた。

舌を尖らせて皮を弾く。唾液をたっぷりと幹に絡ませる。口全体を引き絞り、陰茎のすみずみに圧力を加えてくる。

鼻息が荒くなった。頰から首筋にかけて肌の赤みが増していく。昭子の上品な色香が深くなっていくように見え、慎吾の腹の底がぞくりと震えた。

もっと強く、くわえて欲しい。

痺れるような快楽にもっと浸《ひた》りたい。

慎吾はそう思った。陰茎が昭子の口の中で膨張する。腰を突き上げると、先端の笠が喉の奥に当たった。笠の裏側の敏感な筋がひきつれ、鋭い快感が走り抜けた。

しかし快感は長つづきしなかった。

お湯の中にいるせいだ。両手で軀を支えているだけだから、どうしても揺れてしまうのだ。舌の動きが乱れてしまう。それに慎吾も快楽に集中できない。

「倉木君、ねえ、わたしの膝の上に乗れるかしら……」

陰茎からくちびるを離すと、昭子が笑みを湛《たた》えたまま囁いた。

「ぼくも、そうできないかなって思っていたんです」

「だったら、言えばいいのに」

「でも……」

「遠慮することないのよ」

「はい、そうします」

「素直でいい子ね。そうだ、ひとつ訊《き》いてもいいかしら」

「はい、もちろん」

「君と会った時から感じていたことなんだけど。なぜ遠慮なんかするの？　わたしが年上だからかなあ。それともほかに理由でもあるのかしら」

昭子が顔を上げた。厳しく問いつめているといった風ではない。陰茎をしごきつづけているし、小指を使ってふぐりを愛撫することも忘れていない。

慎吾はうっとりとした表情をつくって目を閉じた。頭の中ではどう応《こた》えようか、と猛烈な勢いで考えを巡らせていた。昭子も五代美佐子や金井美貴子たちと同じグループの一員だということがすっと蘇《よみがえ》っていた。

彼女にとっては肌を交《まじ》えている時の睦言《むつごと》のつもりかもしれないが、慎吾にはそれが就職にかかわる重大な質問のような気がしてならなかったのだ。

「どんな答を期待して訊いたのかわかりませんが、他意はまったくないんです」

「そうなの？」

「ぼくは高校時代にバスケットボールの部活動をしていて、先輩に上下関係を叩き込まれてしまったんです。その名残《なごり》です、きっと」

「だったらいいんだけどね……。てっきり、わたしが金井さんたちと同じ仲間だから、気を遣っているのかなあって思ったの。せっかくこうして肌を交えているのに、そんな思惑を抱いているとしたら、わたし、厭《いや》だなあって引っかかっていたのよ」

「やだなあ、考えすぎです。高校時代に覚えたことって、なかなか軀から抜けないみたいです」

「そうなの、だったらいいんだけど……」

慎吾はすぐには応えなかった。

昭子に誘われた時からずっとわだかまっていたことを、彼女のほうから切り出してくれたのだ。せっかくの機会だ。逃すのはもったいない。慎吾は深呼吸をひとつすると、昭子の瞳を見つめた。

「正直言うと、ちょっとは気になっていました。たとえば今の質問です。答え方によってはあなたを失望させるかもしれない、という想いが浮かびました。それが金井社長や五代さんの耳に届くかも知れない、という懼《おそ》れめいたものも抱きました」

慎吾はそこまで言うと笑い声をあげた。しかしあまりに不自然な気がして、すぐに笑い声をとめて真顔に戻した。

「正直ね、君って」

「昭子さんが正直だからです。こんなこと、言うつもりじゃなかったんです。昭子さんに言わされたような気がします」

「いいのよ、それで」

「そうですか？」

「いいの、ほんとに。わたしは五代さんたちのグループの人と素敵なおつきあいをしているけど、隠し立てをするような関係ではないの。食事をして、テニスのダブルスのパートナーになって、お酒を呑みながら愚痴《ぐち》を言い合う、それだけの関係なのよ。利害があるわけじゃないの。だから、君の言動を彼女たちに教えるつもりはないわ。わたしは自分のやりたいことをする。ただそれだけ」

「わかりました……」

「よかった」

昭子がクスッと笑みを洩らした。

慎吾もつられて微笑を浮かべた。縛られていた心がふっと解放された気がした。ひとりの女性として昭子を見られるし、交わることもできる。彼女の背後に影のようについていた五代美佐子や金井美貴子の姿がすっと消えていくようだった。

「ものはついでだから、もうひとつ訊いてもいいかしら」

「いいですよ、何でも」

「ラブホテルの浴室で訊くようなことではないからなあ。やめようかしら。君の気分を害するかもしれないからなあ」

「昭子さん、それって狡いなあ。訊いてくれないと、居心地悪いですよ」

「ふふっ、そうね。それじゃ、訊く前に、ねえ、約束してくれるかしら。怒ったり、拗《す》ねたりしないって。そしたら思い切って訊けるから」

「ぼくは子どもじゃありません」

「そう？　それじゃ訊くわよ。君が金井さんのやっている広告代理店に就職が決まったことは、この前、新宿で会った時に聞いたわ。それが五代さんの推薦があったからだということも話していたわよね」

「はい。そうです」

「君はほんとに、広告代理店に入って仕事をしたいと思っていたの？」

「えっ」

「いくつか受けて、どこも失敗したって言っていたでしょ。仕事の内容よりも、就職できることを優先させたんじゃないかしら」

昭子がやさしく微笑んだ。瞳には相変わらず、慈《いつく》しみに満ちた色合いが浮かんでいる。

陰茎が萎えそうになった。

痛いところを突いてくる、と慎吾は思った。確かにそうだ、そのとおりだ。一二社受験した会社に、広告代理業はひとつも入っていなかったし、考えたこともなかったのだ。受かったことに喜び、そんなことは頭に浮かばなかった。

いや、そうではない。

あえて考えないようにしていたというのが正確だろう。

いや、それも違う。

慎吾は胸の裡《うち》で否定していた。

数ある会社の中から一二社選んで受験したが、その一二社だって自分のやりたい仕事を基準にして選んだのではない。給料や世間の風評や知名度といったもので選んだだけだった。仕事の内容など考えなかった。

「それ、答えないといけませんか」

昭子と視線を絡めながら言った。

陰茎は萎えていないが、気持のほうが萎えそうになっていた。昭子の質問はごくごく自然の疑問だった。しかも的《まと》を射ていた。それだけに慎吾にとっては厳しい内容だった。

「いいのよ、答えたくなければ。ただね、やりたいことができる情況にいるんだから、思い切ってやりなさいって言いたかっただけなの。なんとなく就職して、なんとなく働いたとしても、いい仕事はできないし、やる気だっておきないはず。それなら、ここは踏ん張って就職浪人してもいいと思うの」

「それはやりたいことがはっきりと自覚できている人の場合ですよね」

「そうね」

「正直言うと、ぼくは自分がどんな仕事にむいているのか、何に情熱を燃やせるのか、わからないです。ただ……」

「ただ？」

「ぼくには運がある、と思っています。運の強さだけで今まで渡ってきたような気さえしています。今回のことは、自分の運が引き寄せてくれたことだと信じています。運があるからこうして昭子さんと出会ったんです。その運に賭けてみたいんです」

慎吾はそこまで言うと、胸のつかえがおりたような気がした。昭子が微笑んだまま、大きくうなずいた。慈しみに満ちた瞳の色合いは消えていなかった。

萎えそうになった気持が奮《ふる》い立った。腰を引いた。昭子の手から、陰茎を抜き取った。たっぷりとして豊かな乳房に、慎吾は手を伸ばした。ゆっくりと円を描きながら、乳房を揉みはじめた。

「ぼくが今、何をしたいのかわかりますか」

「ふふっ、なあに」

「昭子さんの中に入りたいって思っているんです。おちんちんが、欲しがってます」

陰茎が跳ねた。お湯がわずかに揺れた。

乳房に指を埋めた。張りのあるそれは指を押し返してきた。上向き加減の太い幹の乳首の尖りが鋭くなった。乳房全体が朱色に染まりはじめた。

「ベッドに行きませんか」

耳元で囁くと、昭子がコックリと可愛らしくうなずいた。

2

前略　真里さん

明日はクリスマスですね。

あなたと過ごせたらどんなに楽しいか。毎年、この時期が来るたびにせつなくなってしまいます。会いに行けばいいのに、どうしてでしょうか、なぜかふっと、思いとどまってしまうんですね。

ところでこの前の手紙で、女性のグループの中に気になる女性がいる、と書いたのを覚えていますか。先日、その女性に会いました。彼女のほうから誘ってきたんですよ。四〇歳の上品な女性でした。何をするにも思い切りがいいんです。とてもすがすがしい気持にさせてくれる人でした。

専務夫人なんです。ご主人を支えて、会社を一部上場の一流企業にまで成長させた糟《そう》糠《こう》の妻らしいんです。それだけに、話に説得力がありました。

その女性と話したことがまだ、いまだに心にひっかかっています。本当に広告代理業で働きたいと考えていたのか。そんなことを訊かれました。

まいりました。

真里さんなら知っているでしょうけど、そんなことを考えたことなどないんです。ことは一生の問題だから気楽に考えないほうがいい、という忠告だと思って、今そのことを何度も繰り返し、考えています。

悠長にかまえている時間はありません。どうすべきか。最終的な結論をくだしたらお知らせします。

今、ラジオから「ホワイトクリスマス」が流れています。君にもこの素敵な曲が届くことを願っています。

イブに君を想って　慎吾

コタツ板の上にボールペンを置いた。

江田昭子と会った日からすでに一〇日以上経ったというのに、彼女の忠告が頭の中をグルグルと巡っていたのだ。

それもしかし、正直に自分の戸惑いを真里に宛てて書くことで、ようやくおさまりそうな予感がした。

こんな風にして何度となく、真旦に助けられてきた。彼女がいなかったら、東京での生活に耐えられなかったかもしれない。そんなことをしみじみと思いながら、慎吾はもう一度、真里に宛てた手紙を読み返した。

便箋をコタツ板の上で丁寧に折り畳んでいると、携帯電話が鳴った。液晶の小さな画面には、電話番号とともに発信者の名前が表示された。

恋人の朋絵だ。

真里のことを瞬時に頭の片隅に追いやった。そして頭を切り替えるために小さく咳払いをしてから、電話に出た。

彼女は就職を諦めた末、結局、大学院に進学することを決めていた。試験に合格したこともあって、声がのびのびとしていて、明るかった。二二歳の女性の声が響いた。夕方まで帰ってこないはずの兄が帰ってきたの、だから家を早く出られたのよ、約束の時間よりもずいぶん早くアパートに着けるはず、えっ、今どこにいるかって？　ふふっ、近いわよ、待っていてね。それで電話は切れた。

慎吾は便箋をコタツ板の下にしまった。隠すつもりではない。真里の存在をあえて知らせることはない、という程度の意識である。だからもちろん、朋絵に対して罪悪感もない。二股をかけている意識もない。なにしろ、真里とは久しく会っていないし、性的な交わりもないからだ。

　ドアがノックされた。

　電話を切ってから五分程しか経っていなかった。ドアを開ける。コート姿の朋絵を迎え入れる。お土産のケーキを受け取る。そこでようやく、慎吾は笑みを浮かべた。

「早かったな、びっくりしたよ」

「ふふっ、ちょっと驚かせてあげようかなあって思ったの」

「レストランの予約の時間まで、まだたっぷり時間があるぞ」

「早く来たのが迷惑だったかしら」

「そんなことは言ってないさ」

「だったら歓迎の言葉だけでいいの」

　コートを着たまま、コタツに足を入れる。慎吾は見て見ぬふりをする。コートを脱げよという言葉を呑み込む。コタツ以外に暖房器具がないから仕方がない。大学一年の時からの友人の河合は、コンロで暖をとることが多かったが、朋絵にそんな方法を勧めるわけにはいかない。

「いきなりで、迷惑だったかしら？」

「二度もどうして同じことを言うかな。朋絵、おかしいぞ」

「浮かない顔しているんだもの」

「そうか？　寒いからだ、きっと」

慎吾は咄嗟《とっさ》にごまかした。

もちろん、迷惑だなんて思わない。その理由はやはり、江田昭子の忠告が頭にこびりついて離れていなかったためだ。真里に手紙を書いたことで気持は鎮《しず》まっていたが、自分で気持を整理して、納得しなければ、結局のところ解決にはならない。それがわかっているからこそ、ぐずついた気持をどうにもできずにいたのだ。

「だから言ったでしょ、暖房器具を買いなさいって。本当なら、携帯電話を持つ前に、ストーブを買うべきなのよ」

「クリスマスイブなんだからさあ、意地悪なこと言うなよ」

「この部屋の寒さに耐えられるのはあなたしかいないわ」

「わかったよ、言われたとおりに買うよ。それでもだめなら、おれがたっぷり暖めてあげるな……」

「ふふっ、何言ってるの」

ようやく朋絵が微笑んだ。コタツに入って暖かくなったためだろう。丸めている背中を伸ばした。表情が和《やわ》らいできた。ワインカラーのコートのボタンを外す。濃いワインレッドのワンピースを着ていた。

コタツから抜け出すと、朋絵からコートを受け取り、椅子にかけた。慎吾は自分の座っていた場所に戻らなかった。

朋絵の背後から抱きしめた。

「ふふっ、どうしたの？」

「こうしたいんだ」

抱きしめている腕に力を込めた。

シャンプーの淡い香りが、長い髪から漂ってきた。朋絵の上体が揺れる。慎吾は胸板でぬくもりを感じた。

首筋に顔を埋めた。

耳朶の後ろ側をすっと舐めた。

「あん、だめよ」

朋絵が軀をよじった。拒む様子はない。けれどもこのまま肌を重ねようという風でもない。ふたりだけになった実感を得るためにじゃれあいを愉しもうとしているようだった。

慎吾はしかし違った。

本気だった。

それは朋絵が部屋に入ってきた瞬間に湧きあがった欲望だ。ジーンズを穿いた窮屈な状態で、陰茎は膨張をつづけている。陰部を背中になすりつけるように動かすと、笠の裏側の敏感な筋が擦られた。陰茎はパンツの中でいっきに膨らんだ。

両脇に手を差し入れた。

ぬくもりが伝わってきた。それが陰茎がさらに膨張する刺激となった。

「ねえ、どうしたの。なんだか変な感触を背中に感じるんだけど……」

「変じゃないよ、ちっとも」

「これからイブの食事をするために出かけるんでしょ？　暖房器具だって買うんだから、ねえ、そうでしょ。変なことをしている時間なんてないはずよ」

「大丈夫、時間ならあるよ」

「強引なんだから」

「おれはね、この前、就職先の社長の友人から教わったんだ。『やりたいことがあったら、遠慮せずにしなくてはだめだ』って」

「変なことを教える人がいるのね。相手のことも考えなさい、ってその時に教わらなかったの？　ねえ、レストランの予約の時間に間に合わなくなっちゃうわ」

確かにその通りだ。朋絵がとってくれた新宿のイタリアンレストランの予約の時間まで二時間弱しかない。電気屋さんとアパートを往復しているうちにあっという間に、予約時間など過ぎてしまいそうだ。

慎吾は朋絵の脇腹から両手を抜かなかった。指先に力を込める。ワンピースがわずかに汗ばんでいた。尖った陰茎の先端の笠が、パンツのウエストのゴムをくぐり抜け、顔をのぞかせた。

脇腹にあてがっている手を伸ばした。

ブラジャー越しとわかっていながら、乳房を揉んだ。レースの硬い生地が指先に伝わってきた。それでもしかし、二二歳の朋絵の張りのある乳房を感じることができた。

背中のホックを外した。肩のあたりがすっと落ち、薄茶色のブラジャーのストラップが見えた。

朋絵が首をねじった。

困った表情に、うっとりとしたものが混じった複雑な顔になっている。赤茶色の大人びた口紅が鈍く輝く。くちびるを半開きにすると、ゆっくりと目を閉じた。

慎吾はくちびるを寄せていった。

舌を絡めた。

朋絵の鼻息が荒くなり、ブラジャーで包まれている乳房が大きく波打つ。舌を差し出すと、おずおずしながらも応えてきた。朋絵の恥じらいがそうした些細《ささい》な動きからも感じられて、慎吾の興奮は強まった。

「ううっ……」

朋絵の喉の奥で声にならない呻きが響く。乳房にあてがっているてのひらが、火照りを強く感じる。

唾液を送り込んだ。しばらくの間、それに応える動きはなかった。唾液をどうしていいのかわからないという風だった。が、口から溢れそうになったところで、ためらいがちに喉を鳴らす音があがった。

くちびるを重ねたまま、ワンピースを腰まで脱がした。

細い二の腕に鳥肌が立っている。やはり寒いようだ。慎吾はそれに気づかないふりをして舌を吸った。舌のつけ根まで引っ張りだしたところで、舌先で突っつきあった。

わざと音をあげた。

朋絵が小さな呻き声を洩らし、顔をそむけた。くちびるが離れると、慎吾は頬から顎にかけて舌で舐めていった。

たっぷりと唾液を塗り込んだ。

「ああっ、お化粧がとれちゃう」

困ったような声で朋絵が囁いた。拒んでいるのではない。その証拠に、舌をそのまま這わせていても顔をそむけたり、上体をよじったりして逃げようとしなかった。

そうして言葉を口に出していないと、恥じらいが体中に満ちてしまい、どうにかなってしまうのに違いない。こんな時の女性の高ぶりや恥じらいがどんなものか、慎吾にもなんとなく想像がついた。

胸元まで辿り着くと、ブラジャーの縁を指で摘んでめくった。ほんのりとした甘い香りが湧きあがってきた。それは人工的な化粧の香りではない。

二二歳の朋絵の軀の奥底から滲み出てくる匂いだ。そう思った途端、ジーンズの中で膨張している陰茎の中心を、強い脈動が駆け上がっていった。乳房のすそ野を舐めながら、慎吾はジーンズのボタンを外し、ファスナーを下ろした。

朋絵の手首を握った。

股間に導く。

呼吸が荒くなり、乳房全体が迫り上がった。パンツに朋絵の皺ひとつない細い指がためらいがちに触れてきた。

「あん、今日の慎吾って、とっても強引ね」

「こうしたいと思ったから、やっているんだ。朋絵がおれの気持に応えてくれて、すごくうれしいよ」

「イブでしょ、だから特別よ」

「寒くないか」

「まさかこの中途半端なままにして、暖房器具を買いに行くなんて言わないでね」

「まさか……。ベッドに移ろうよ、布団に入って温め合うんだ」

「ああっ……」

朋絵がのけ反った。髪が揺れ、シャンプーのほのかな香りが漂った。けれどもそれは軀の奥底から湧き上がってくる生々しい女の匂いを覆うまでには至らなかった。

パンティもブラジャーと同色の薄茶色だった。レースの施し方も同じで、上下がセットになっているようだ。

「きれいな下着だね」

慎吾は思わず呟いていた。喜ばそうとして言ったつもりではない。細い糸がキラキラと輝くのが目に映った。艶やかで美しいと思ったことを、胸の裡でいったんとどめることなく、すっと表したのだ。

仰向けになった朋絵の肌が赤く染まった。その肌を隠すように、慎吾は覆いかぶさっていった。

「イブだからかしら、やっぱり。信じられないな、慎吾がそんなことを言うなんて……。考えたこともないし、期待もしたことなかった言葉よ。わたし、照れちゃうなあ」

「思ったことを素直に言っただけだよ」

「変ね、やっぱり。今日の慎吾って」

「どうして？」

「強引だったり、素直だったり。いつもと違うでしょ」

「そうかな」

「そうよ」

「これまではどんな感じだったのかな？」

「言ってもいいのかしら」

「いいさ」

「いきなり、怒りだしたりしないでね」

「そんなこと、一度だってしたことないはずだけどな」

「そうね、確かに、そうね」

「ほら、早く言えよ」

「どこかおどおどしているところが、あったかなあ。自信がありそうな表情しているのに、内心、ビクビクしていたりするでしょ。臆病なところを取り繕《つくろ》って、無理しているような感じだったでしょ」

「散々な言い草だね、まったく」

「でもね、だからといって魅力がないということではないの。とっても素敵なの。壊《こわ》れそうな繊細な心と、無理している心がせめぎ合っているのが、わたしには手に取るようにわかるから」

「それが今日は変わった？」

「慎吾、いい人と出会ったみたいね。その人のアドバイスのおかげかしら。以前よりも自信をつけたみたい」

やりたいと思ったことをすべきだ、と心底思っただけで、自信をつけたわけではない。その点においては明らかに朋絵の見方は間違っていたが、それ以外の、たとえば今までと違う印象だとか、心の在《あ》りようについての観察などは鋭く的を射ていた。

「これでも悩みは大きいんだぞ」

「就職のこと？」

「まあ、そうだな」

「悩んだけど、結果的に良かったんじゃないかしら。一皮剝けたみたい……。やっぱり、慎吾って運が強いなあ。身の回りに起こることをすべて吸収しながら成長していけるんだもの」

朋絵がそこで言葉を切ると、口元に笑みを湛えた。慎吾には彼女の言葉が、愛の告白のように思えた。

愛《いと》しさがこみ上げてきた。

朋絵がここまで自分のことを見守ってくれていることを知ったのだ。

膨張している陰茎から力が少しずつなくなっていくのを感じた。それでもいい。慎吾は強く胸の裡で思った。強引に誘ってセックスしたいという強い気持はなくなっていた。

今はただ、ほんのわずかな時間でいいから朋絵のぬくもりに触れていたかった。それもまた、慎吾の素直な気持だった。

3

世の中には不況の気配が充満している。その影響からだろうか、新宿のクリスマスイブも華やぎが欠けているように思えた。土曜日でサラリーマンの姿がほとんど見られなかったからかもしれない。

慎吾は今、イタリア料理店の窓際の席で朋絵と向かい合って坐っている。食事を済ませ、デザートのティラミスも食べ終えた。

満腹だ。カロリーの高い食事をしたのは久しぶりだ。昨日も一昨日も、インスタントラーメンでなんとか空腹を満たすという、貧しい食事だった。

エスプレッソコーヒーが運ばれてきた。慎吾はストレートのまま少しだけ飲んだ。

「食事が終わったら、どうしようか」

朋絵が前のめりになると、艶やかな声で囁いた。その声にはどこかしら恨《うら》めしい響きが混じっているようだった。瞳の潤みはアパートの部屋を出る時からのものだ。

それはそうだ。

パンティとブラジャーだけの姿にしてベッドに横たえ、その気にさせておいたのに、慎吾は愛撫を止めてしまったからだ。

赤ワインが空になっている。呑み慣れないせいか、軀が異様に熱い。朋絵も頬から首筋にかけて、肌が真っ赤に染まっている。

「それにしても、あなたって、変よね。やっぱり、例の広告代理店の社長さんに出会ってからじゃないかしら」

「そうかな……。悩みは尽きないなあ」

「悩みって、それ、アパートでも同じこと言っていたわね」

「よく覚えているな」

「あなたの言ったことは、逐一《ちくいち》、覚えているつもりよ。大学院の試験のための勉強で頭使っていたでしょ、それで脳味噌の回転がよくなったみたいなの」

「うらやましい。おれなんか、使う頭もないし、あったとしても、使う機会もないまま、大学生活が終わっちゃいそうだよ」

「悩みって何かしら」

「訊きたいか？」

「当たり前よ。大学一年生の時からずっと面倒見てきたんだもの」

「そうだよなあ」

エスプレッソコーヒーを飲み干すと、慎吾はふうっと深いため息をついた。意を決するまでさほど時間はかからなかった。

本当に自分が何をしたいのかわかっているのか、広告代理業という仕事をやりたいのか、と江田昭子に訊かれたあらましを手短に話した。もちろん、その場所がラブホテルの浴室で、しかもフェラチオをたっぷりしてもらった後だったことなどは言わなかった。それに四〇歳とは思えないくらいの若々しい肌や軀だったことも話さない。

「おれ、このまま、成り行きで就職しちゃっていいのかなあって思ったんだ。まいったよ、痛いところを突かれたよ」

「さっきもアパートで言ったけど、あなた、とっても素敵な出会いをしているんじゃないの。わたし、ちょっと嫉妬しちゃうなあ」

「何言ってるんだよ、相手は四〇歳のおばさんだぜ。それに有名企業の専務夫人なんだからな。妙なことができる立場にいる人ではないよ」

慌てて慎吾は否定した。ここで朋絵に嫉妬されたら、ややこしいことになりかねない。そんなことになったら、せっかくのクリスマスイブが台無しになってしまう。

「それで?」

「えっ、それでって……」

「だから、痛いところを突かれたっていうところまで話していたでしょ」

「ああ、そうだったな」

慎吾はグラスの水でくちびるを濡らすと、慎重に言葉を選びながらその時に抱いた想いを話しはじめ、そしてこう結論づけた。

「結局のところ、動機が不純だということを専務夫人に見抜かれてしまったわけなんだ。だからどうなるわけじゃない。自分がその不純さから目をそむけようとしているということとを、気づかされたと感じたんだ」

「気にすることなんか、ないわよ」

「そうか？　おれの身になってみろって。単純に割り切れないもんだぜ。もちろん、自分が悪いのはわかっている。自分の向いている仕事が何か、性格に合っている職業とは何か。真剣に考えてこなかったからな」

「今の大学生って、みんなそうよ。あなただけが特別、怠慢《たいまん》だったわけじゃないわ」

朋絵がにっこり微笑んだ。その笑みに誘われるように、慎吾も笑みを返した。ふたりの間の空気がわずかに和んだ。

穏《おだ》やかな沈黙がしばらくつづいた後、朋絵がこう切り出した。

「野球のことわからないけど、一カ月前、ドラフト会議があったでしょ」

「おいおい、いきなり話題を変えるなよ」

「大いに関係あるわ」

慎吾は朋絵のくちびるを見つめて、何を言い出すのか待ち受けた。文学部哲学科に在籍しているこの女性は、時折、妙なたとえ話を持ち出してくるのだ。確かこの前などは、松阪牛の上等な霜降り肉にたとえられた。

けれども彼女のたとえ話はどれも、少しも陳腐《ちんぷ》ではなかったし、不思議に思えるくらい説得力があった。

「ドラフトにかかった選手の中に、たいがいひとりやふたりは拒否する人がいるでしょ」

「いるよな、意志の強い奴が必ず。数年後の逆指名を狙《ねら》って意中の球団に入ろうっていうんだけど、すごい自信だと思うな」

「自信があるのかしら」

「そりゃ、そうさ。たとえば高校生がドラフトを蹴ったら、次は大学に進学するか、社会人野球しかないわけだろ。数年後にドラフトにかかるか、わからない。怪我《けが》して選手生命が終わるかもしれない」

「わたしはね、そういう見方をしないの」

「へえ、そうかい」

「自分に巡ってきた運の使い方を間違っているんじゃないかと思うの。ドラフトで指名される方法でしか、たぶん、プロの世界に入れないでしょ。その段階ではまだ、自分が持っている運をすべて使い切っていないはずよね、そうでしょ」

「まあな。その後が大変だからな。ファームで頑張って一軍にあがっても、成功するのはごく少数だからね」

「そこよ」

「そこって？」

「成功するかどうか。そこで初めて、持って生まれた運の強さに差がでるの。活躍できる運を持っている人が、その運をひっさげて、タレントになったり解説者になったりしていると思うの」

「どういうことかな？」

「つまりね、グラウンドに入って、そこでプレーしてみないとはじまらないってこと。あなたのことを言っているのよ」

慎吾にも朋絵の言いたいことがわかった。あげまんと噂される江田昭子の意見とまったく正反対だった。

どちらを信用すべきなのか。

慎吾はそこでふっと、自分がどちらかを選択しようとしていることに気づいた。だからこそ、そこで思いとどまった。

どちらも正しいのではないか。

一方を信じ、他方が嘘であると言うのはあまりに単純すぎないか。朋絵だって、そんなことを望んでいるとは思えない。彼女はいろいろな考え方があることを教えようとしているのだから。

朋絵は討論やブレーンストーミングを好んでいる。それは大学一年生の頃からで、慎吾も彼女に負けずに討論を挑んでいた。貧乏学生の恋人同士がする金のかからない遊びのひとつだったのだ。

いつまでたっても結論は出そうになかったし、江田昭子の言い分を持ち出せば、朋絵もムキになって反論するだろう。慎吾はいったん話を終えたきりがなさそうだった。

ふたりは慎吾の部屋に戻った。

討論をつづけたいからではない。ふたりとも夕方の交わりのつづきをしたいと思っていたのだ。

部屋に入るなり、慎吾は数時間前に買った電気ストーブのスイッチを入れた。白い棒がゆっくりと熱せられ、オレンジ色に染まっていく。部屋が暖まりはじめると、ようやく朋絵がワインカラーのコートを脱いだ。冷蔵庫にケーキが入っていることを思い出したが、慎吾は言い出さなかった。

いや、言い出せなかった。

朋絵がいきなり、抱きついてきたのだ。

ワンピースの裾がひるがえった。

乳房の膨らみを胸板で感じた。酔いはさめていないようだった。それでも首筋のあたりからはアルコールの臭いではなく、朋絵独特の甘い香りが湧きあがっていた。

「ああっ、もう焦《じ》らさないでね」

「そんなことしないさ」

「わたし、ずっと我慢していたのよ。わかっているのかしら」

「そうだったな。あの時、あれでおれはすごく充実感があったんだよ。焦らそうなんて思ってもみなかった」

「そうだったの」

「素敵なイブだったね。食事、ありがとな。またご馳走《ちそう》になっちゃったよ」

「いいの、お金なんて、持っているほうが払えばいいんだから。あなたが働きはじめたらよろしくね。わたしは来年も学生やっているはずだから」

「そうだったな。数年はおれがおごりっぱなしになるわけだ」

「覚悟しておきなさい」

朋絵の潤んだ瞳が微笑んでいた。

口紅を濃く引き直したくちびるが近づく。目を閉じる。目尻に微かに潤みが溜まっている。まばたきひとつで、こぼれ落ちていきそうだった。

朋絵のくちびるは熱かった。

うながしたわけでもないのに、舌を絡めてきた。唾液を流し込んでくる。自らの高ぶりを増幅させるように、音をたてて舌をすすってきた。

思いがけなかった積極さに、慎吾の陰茎はすぐさま反応した。

ジーンズの中で勢いよく膨張していく。パンツのウエストのゴムを先端の笠がすり抜ける。笠の小さな切れ込みから透明な粘液が滲み出ているのを感じる。

陰部を朋絵の下腹部になすりつけた。

ワンピースの裾が揺れる。下腹部がうねる。膝が震えているらしく、なすりつけ終えた後も、裾は小刻みに揺れつづけた。

背中側にあるホックを外した。朋絵が抱きしめている腕を解いた。ワンピースがするりと足元に落ちていった。

鳥肌は立っていなかった。

ベッドに押し倒した。

シーツがひんやりとしていた。だが、それも電気ストーブのおかげで飛び上がる程には冷たくなっていなかった。

「やさしく、してね」

甘えた声で言うと、目を閉じた。目尻に溜まっている潤みが落ち、こめかみから耳朶に向かって流れていった。慎吾は黙ってうなずくと、明かりを消した。

その時だ。

電話が鳴った。

携帯電話ではない。

無視しようと思ったが、出たほうがいいわよ、急用かもしれないでしょ、と朋絵にうながされ、仕方なく軀を離した。

女性の声だった。

誰の声かわからなかった。

落ち着いた声音からして、年上だとはわかったが人物を特定できなかった。五代美佐子の顔や江田昭子のショートヘアを浮かべたが、声が違っていた。

「どちらにおかけですか」

慎重に声を返した。

「いやね、倉木君」

「えっと……」

「わからないの？　そうねえ、だったら『社長』という単語でピンとくるかしら」

「えっ……」

慎吾は口ごもった。

声の主がわかった。

予想外の相手だった。

頻繁《ひんぱん》に顔を思い浮かべていたが、もっとも遠い存在だと思っていた女性だ。

金井美貴子社長だ。

今日は休日で、しかもクリスマスイブだ。どうしたというのか。失礼だと思ったが、つい、怪訝《けげん》な声で応えてしまった。

「驚いたでしょ、休日に電話したから」

「はい、ちょっと。正直言って、まったく予想していませんでしたから」

「用件だけを言うわよ。明日の夜、会社のほうに来られるかしら。クリスマスだから、約束でも入っているかな」

「明日は日曜日ですけど」

「仕事に休日かどうかなんて、関係ないでしょ？　夜八時。ねえ、来られるのかどうか、さっ、言いなさい」

「わかりました、うかがいます」

そう言うとすぐ、電話は切れた。

慎吾は受話器を握ったまま、薄闇の中で坐り込んでしまった。

4

朋絵をアパートの前で見送った。

ずっと一緒にいたかった。だがさすがに二泊はさせられなかった。それに朋絵の家では、クリスマス当日だけは家族で過ごす約束になっているのを知っていたからだ。

日が落ち、あたりは薄闇に包まれはじめた。彼女の背中が見えなくなると、慎吾はふうっとため息をひとつ吐き出した。

ひとりきりだ。

都会の真ん中にたったひとり、取り残されてしまった気がする。たとえようのない淋しさがこみ上げてきた。上京して一人暮らしをはじめてから、毎年この時期になると必ず味わうせつない想いだ。

部屋に戻った。

電気ストーブのスイッチは切ったままだ。朋絵と一緒の時にはつけていたから、部屋は暖かかったし、なによりコタツと電気ストーブの両方を使うと電気代がかさみそうな気がして、スイッチを入れられなかった。

午後五時を過ぎている。

金井美貴子社長と会う時間までまだ、三時間程ゆとりがある。

休日だというのに、社長がなぜ急に、自分を呼び出したのだろう。そのことが、昨夜から頭の片隅にこびりついて離れなかった。

就職が決まるまでの過程を知っている朋絵によっぽど相談してみようかと思ったが、どうしても切り出せなかった。

五代美佐子に電話でそれとなく訊いてみようか、とも思ったが、慎吾はそれもしなかった。美佐子と金井社長の関係がはっきりしないだけに話さないほうが賢明に思えた。

コタツに首まで入って考えた。もっともらしい答をひとつも見出せなかった。

時間だけが過ぎていった。

午後七時の時報とともに支度をはじめた。西新宿にある会社に着いたのは、約束の時間の一〇分前だった。

エレベーターで受付のある階にあがったが、明かりが消えていた。自動ドアも動かなかった。社長が出社しているからには当然、営業しているものだとばかり思っていたから、意外な気がした。

慎吾はふたつ上の階の社長室に向かった。面接をした時に一度だけ、足を踏み入れたことのある場所だ。

エレベーターを降りると右に進み、廊下の正面の木製の重厚なドアを目指した。

ドアの前に立った。深呼吸をひとつしてからノックした。

ドアの向こう側に人の気配を感じた。返事が微かに聞こえた。しばらく待っていると、ドアが開いた。

金井美貴子社長だ。

視線が絡んだ。慎吾はさりげなく視線をはずすと、部屋のほうに目を遣ってほかに誰かいるかどうか確かめた。どうやらひとりのようだ。

「約束の五分前ね。いい心がけよ。さっ、入ってちょうだい」

社長室に甘い香りが漂っていた。人工的な甘さのような気がしたが、社長がつけている化粧品の匂いではなかった。

ドアの近くに応接セットが置かれている。その向こう側の窓際に、卓球ができそうなくらいの大きな机があった。部屋の様子は、面接を受けた時と変わりがなかった。

慎吾の緊張は解けない。ソファに坐るようにうながされたが、緊張で舌がうまく動かないし、口の中も乾ききっていたせいで、すぐに返事ができなかった。

社長が窓に近いほうのソファに坐った。

慎吾も腰をおろした。

向かい合うと、自然と視線が絡んだ。五代美佐子の艶《つや》とも、江田昭子の醸《かも》し出す妖《あや》しさとも違う独特の艶が、目元に浮かんでいるように思えた。

紫色がかった紺色のジャケットに同色のスカートを着けている。すらりとして美しい足をベージュのストッキングが包み込んでいる。黒色のハイヒールの踵《かかと》は、すぐにも折れてしまいそうなくらい細い。

話をしているわけでもないのに、社長が小さな笑みを口元に浮かべる。薄茶色にカラーリングした長い髪が揺れるたびに、蛍光灯《けいこうとう》の白っぽい光を反射して、キラキラと輝く。艶やかだった。

性欲が煽《あお》られそうになり、慎吾は内心、ひどく戸惑った。

金井美貴子を就職先の社長としてではなく、ひとりの女性として見ていることに気づいたからだ。

この会社にお世話になる者として不謹慎ではないか、女性社長に対して失礼だ、という想いが胸の裡に迫り上がった。

「社長、あの……」

慎吾は膝を揃え、背筋を伸ばした。召集《しょうしゅう》をかけられた理由を早く訊きたかった。

「ふふっ、どうしてここに喚《よ》ばれたのか。理由を訊きたいんでしょ」

「はい、そうです。たぶん、仕事とは関係がないとは思っているんですが」

「まあ、そうね。仕事は来年の四月に、うちの社員として出社してから。だから、いいこと、それまではわたしのことを社長とは呼ばないように気をつけなさい」

「はい、わかりました。でも……」

「でも?」

「社長のほかに、呼び方が思いつきません」

「美貴子でいいわよ。それが厭《いや》なら、さん付けでもかまわない。わたしは何と呼ばれてもいいから、好きなように決めていいわ」

「呼び捨てになんてできません。そうだ、美貴子さんと呼ぶことにします」

「ふふっ……」

美貴子が笑みを洩らした。

親しみのこもった表情に変わった。瞳がさっと潤みに覆われた。オフィシャルからプライベートに切り替わった瞬間だ、と慎吾は見て取った。

名前で呼んでいいかな、と咄嗟に判断した。

すると緊張がすっと解けていった。

「美貴子さん、まだぼくが呼ばれた訳を教えてもらっていません」

「そうだったわね。ねえ、知りたい？」

トーンが低くなり、和らいだ声になった。それまでの歯切れのよさが消え、甘えたような粘っこい口調に変わった。

薄茶色の髪を指先で梳き上げながら、ソファの背もたれに上体をあずけた。

視線を絡めていると、美貴子が揃えている膝を崩しはじめた。血気盛んな大学生にとってそれは、あまりに刺激的なしぐさだった。見ないように努めるが、どうしても視線が膝に向かってしまった。

ストッキングに包まれた膝頭が見える。

ゆっくりと開かれていく。

スカートの奥までは明かりは入っていない。そこはほんのりとした妖しい薄闇に覆われていた。ベージュのストッキングの縫い目がうっすらと見えた。

陰茎の中心を脈動が駆け抜けた。

からかわれているだけなのだ。誘っていると思ったら、痛い目に遭うぞ。次の脈動が生まれないように、慎吾は胸の裡で自分にそう言い聞かせる。

美貴子が足を組んだ。

ジャケットのボタンを外した。薄手のブラウスがあらわになった。ブラジャーが透《す》けて見える。ふんだんに施してある刺繍がくっきりと浮かんだ。

「ねえ、わたしが呼んだ理由、倉木君、知りたいんでしょ」

「教えてください」

「話すわよ。でもその前に、こっちのソファにいらっしゃい。向かい合って話していると、お互い、緊張しちゃうでしょ。それにこんなに距離があいていると、よそよそしい気分になっちゃうものね」

慎吾は下腹に力を込めた。

膨張しかけている陰茎を鎮《しず》める。股間が膨らんでいることを美貴子に悟られたくなかった。立ち上がった拍子に、胸の奥まで息を吸った。気分がいくらか変わり、陰茎がわずかに萎えた。

美貴子の隣に坐った。

二〇センチ程、距離をとった。

甘い香りが漂う。

人工的な匂いと生々しい甘さが混じっている。美貴子が躯を揺らすたびに香りが拡がった。その匂いに全身が包まれていく。

抑えている脈動が陰茎を駆け上がった。パンツを押し上げ、スラックスの股間のあたりが盛り上がった。

「君のこと、江田さんから聞いたわよ」

美貴子がいきなりそう言った。そしてゆったりとした動きで、慎吾の手を握った。

「聞いたって……。何を、ですか？」

「彼女が君に電話して会ったことや、ドライブしたこと」

「それだけ？」

「それだけって、ほかに何かあったの？」

とぼけたような表情をつくって美貴子が言った。爪《つめ》の先から指の股にかけて撫《な》ではじめた。

どうということのない愛撫のはずなのに、快感が生まれた。そんなところに性感帯があることを慎吾は思い知らされた。

陰茎が鋭く反応した。

お尻をずらしてソファに深く坐った。陰部の盛り上がりが目立たないように足を組んだ。

「きついことを言っちゃったかなって、心配して電話してきたのよ」

「何のことでしょうか」

「覚えていないの？」

「すみません、咄嗟にとぼけてしまいました。はっきりと覚えています。本当に広告代理店で働きたいと思っていたのか。仕事の内容より、就職できることを優先させたのではないか。そんな風に問い詰められたんです」

「ずいぶん意地悪なことを言われたのね」

「痛いところを突かれました」

「それで？」

「正直言うと、今、ものすごくドキドキしています」

「どうしてかしら」

「江田さんから話を聞いたわけでしょ、ぼくのこと、不採用にするために呼び出したんじゃないかって思っています」

「あなたは、どんな風になればいいって考えているの」

「自分がどれくらい強い運を持っているのか、試してみたくなりました」

「ん？」

「江田さんの言うことは、きっと、正しいでしょう。でも、ぼくは運を持っています。それが美貴子さんの会社でどれだけ通用するか、試してみたくなったんです」

「よかった……」

美貴子が握っている手に力を込めた。そしてごく自然に軀を寄せた。

「江田さんからその話を聞いた時、君のほうから採用取り消しを申し出てくるんじゃないかなあって心配していたの。彼女もずいぶん気にしていたわ」

「可笑《おか》しいですね。お互い、想像に振り回されていたみたいじゃないですか」

「ふふっ、そうね。わたしにとって、いいえ、わたしの会社にとって、あなたが必要なの」

「そうでしょうか」

「間違いないと思うわ。これはね、いろいろな人の意見を聞いたうえでの結論よ」

「やっとお互いの意見が一致しましたね」

慎吾は話しながら、二の腕や背中に鳥肌がたつのを感じた。

必要とされている、などとはっきり言われたことなどなかったからだ。

なにしろ就職試験で一二社受けたが、いずれも不合格だったのだ。それはつまり、一二回つづけて不必要だと言われたのと同じではないか。

会社のトップ直々《じきじき》に、必要としていると言ってくれる会社で働くべきだ。働く者も使う者もそのほうが幸せだ。そう思った瞬間、胸の奥がじわりと熱くなった。

美貴子が指を絡める。

長い時間、そうしているために、てのひらがじっとりと汗ばんでいる。それが慎吾の指先や指の股に隠れている性感帯を研《と》ぎ澄ました。爪を立てた指で、手の甲《こう》をすっと撫でられただけで、陰茎の膨張につながった。

しかしそれをあからさまにする気にはならない。美貴子の愛撫が手から先に進まないからだ。太ももに触れたりしたら、腰を突き出し、隆々としてきた股間の膨らみを見せつけてやろう。そう思って待ちかまえているのに、美貴子の指がほかの部分を愛撫することはなかった。

それでいて、空気だけは濃密になっていった。唾《つば》を呑み込む音が響く。甘い匂いがしだいに濃くなっていく。指先の湿り気が増し、ねっとりとしてくる。

触れたい。

抑えられそうもない強い衝動だった。

性的な高ぶりを得ようとしているのではない。肌に触れることで、隣に坐っている女性の存在をもっと身近に感じたい、と慎吾は思ったのだ。結果的にその刺激が陰茎を膨張させる材料になったとしても、それが第一の目的ではない。

「触っても、いいですか、美貴子さん」

「ふふっ、どういうこと? こうして触れあっているでしょ」

「ぼくは今、触られているだけです……。自分からあなたに触れてみたいんです」

「可愛らしいこと、言うのね」

「でも、それが本心です」

「うふっ」

「笑わないでください」

慎吾は美貴子の横顔をうかがった。

口元に笑みを湛えている。厭そうな表情ではなかった。慎吾はそれを見極めると、自由になっている右手を伸ばした。

頬に触れた。

火照っていた。

肌理《きめ》が細かく、指が張りつくようだ。

てのひらで包み込むようにすると、一瞬、美貴子の軀がビクッと震えた。

それが普段の自信に満ちた様子とはかけ離れた反応に思えた。意外な気がした。男性とこうして触れあうことに慣れていないのかなと思わせる初々《ういうい》しさが感じられたのだ。

「ねえ、ここではわたし、落ち着かないわ」

美貴子が耳元で囁いた。瞳の潤みが拡がっていた。てのひらをあてがった頬のあたりがほんのりと赤く染まっている。

「普段は仕事で使っている部屋ですから、気分を変えられないのもしようがないですね」

「ねっ、ちょっと、待って。ほとんど知られていない場所があるの」

「えっ？」

美貴子が微笑を浮かべたまま、立ち上がった。ずりあがったスカートを直すと、卓球ができそうな机に向かった。

椅子に坐り、抽出《ひきだし》を開けた。スイッチを押したような乾いた音が短く響いた。

「いらっしゃい」

美貴子が視線を壁のほうに遣った。慎吾は視線の先を見た。白色とベージュが混ざったような壁紙と同色のドアがある。

隠し扉ではなさそうだ。やはり同色に塗られたノブが見えた。目立たないようにしているだけで意図的に隠そうとしているわけではなさそうだった。

「ここはね、わたしのプライベートルームのような空間ね。疲れた時にちょっと一休みするためにつくったものよ」

美貴子が先に部屋に入った。

八畳程の広さだ。ドアを開けた左側にはL字にソファが置かれている。葡萄《ぶどう》色の毛布が一枚、畳んで置いてあった。ソファの前にはガラステーブルがあり、ドアの反対側に小さな画面のテレビ、その横に造りつけのクローゼットが据えられていた。

簡素な空間だった。女性らしい雰囲気は少しも感じられない。素っ気ないこの部屋で、本当にリラックスできるのだろうか、と慎吾はふっと疑問に思った。

「さてと、ここから先は君に約束してもらわないといけないな」

美貴子がいきなりそう切り出した。

何を言おうとしているのかわからなかった。このプライベートスペースを口外しないとでも言えばいいのだろうか。

戸惑いをぶつけるように美貴子を見つめた。瞳の潤みが厚くなっていた。頬だけでなく、首筋や肩口の白い肌が心なし、ピンクの色合いが濃くなっているようだ。

何を見せてくれるのか。

唾液が溢れてきた。鎮まりかけている陰茎に力がみなぎる。パンツの中で勢いよく成長している。先端の笠を半分程覆っている皮がするりとめくれた。

「ここから先のことは、誰にも言わないでね。うちの社員にも、五代さんや江田さん、それとほかのメンバーの女性にもね。約束してくれるかしら」

「違法なことでないなら、これから先、見ること聞くこと、すべて内緒にすると、約束します」

美貴子が小さく笑みをもらし、

「おかしな人ね」

と、はぐらかすように応えると、背を向けてクローゼットの引き戸を開けた。

洋服が吊られていた。コートをかけているハンガーに手を伸ばした。取り出そうとしているのではなかった。勢いよくそれを反対側に滑らせていった。

ドアがあった。

見間違いではない。

「わかった？」

美貴子が穏やかな表情で声をあげた。

慎吾はごくりと唾を呑み込み、黙ってうなずいた。これこそ美貴子の秘密なのだ。やり手の女社長の裏の顔だ。

「ここの隣に、もうひとつ、部屋があるの。存在を知っているのは、わたしとあなたと、設計を担当した人と工事関係者だけじゃないかしら」

「秘書も知らないんですね」

「もちろん」

「何があるんですか」

「それは入ってからのお愉しみ」

美貴子が軀を寄せてきた。背中に両手を回す。甘い香りが胸元から這い上がり、鼻腔《びこう》に入り込む。

慎吾はためらいがちに抱きしめた。

豊かな乳房を感じる。呼吸が荒くなるにしたがって、ブラジャーに包まれた乳房の前後の動きが速くなる。

薄茶色の長い髪を梳きあげた。白い指が艶《なま》めかしい。

「ねえ……、キスして」

囁くように美貴子が言った。はにかむような表情になったが、それもすぐに消えた。

まぶたを閉じる。潤みを湛えた瞳が見えなくなる。くちびるが開く。白い歯の奥で、尖った舌先がチロチロと動いた。

くちびるを重ねていった。

濃厚なキスを求めているのかと思ったが、慎吾の期待のこもった予想は外れた。舌を差し入れようとした時、美貴子がのけ反《ぞ》った。意識的にくちびるを離していった。

「やっぱり、わたしもお愉しみは隣の部屋に入ってからにするわ」

「ぼく、爆発しそうです」

「ふふっ、もう少し待ってね」

美貴子が背中をいくらか丸め、クローゼットに半身を入れた。

ドアを開ける。

鍵らしきものはないようだ。

そう思った時、卓球台になりそうな机の抽出を開けている情景が浮かんだ。

あの時、何かのスイッチを入れるような音が響いた。ドアの開け閉めが遠隔操作できるのだ、間違いない。

美貴子の姿が隠し扉の向こう側に消えると、

「さあ、いらっしゃい」

という声が聞こえた。

慎吾は屈《かが》み込んだ。コートを手でよける。足元には靴箱が二段重ねに置いてある。それにぶつからないようにしながら、足を踏み入れた。

そこはまさしく、女性のプライベートスペースだった。

「すごい、こんな部屋があったなんて」

慎吾は呟いた。驚きを隠せなかった。

真っ先に目に入ったのは、部屋の中央に据えられたキングサイズのベッドだ。壁紙は落ち着いたピンクで、カーペットも壁紙と同じ色調でコーディネートしてあった。

出入口の前で立ち尽くしていると、美貴子がベッドに仰向けになった。乳房が大きく揺れた。そしてまたしても、見せつけるように足を組んだ。ストッキングが艶やかに輝きを放った。

第五章　柔肌の記憶

1

こんな場所があるなんて。

慎吾は胸の裡で何度も同じ言葉を呟くことで、膨張している陰茎をなんとか鎮《しず》めようとしていた。けれども意に反して、動悸《どうき》は強く激しくなっていた。

社長室の隣の休憩用のプライベートルームに誘われただけでも十分、地方出身の二一歳の大学生にとっては刺激的だったのに、その部屋にはさらに秘密があったのだ。

金井美貴子社長が何気なく開けたクローゼットの中に、秘密の扉があった。休憩用の簡素なプライベートルームとは違って、落ち着いたピンクで色調を統一した女性らしい部屋だった。

想像もしていなかった事実に、高ぶりは強まった。しかも、この部屋の存在を教えてくれた美貴子が、今まさに、慎吾の目の前のベッドで仰向けになっている。緩んだ膝の間から一瞬、パンティストッキングの股間の縫い目が見えた。

誘われているのは間違いなかった。

唾液が溢れるように出てくる。唾を呑み込む音がふたりだけの静かな部屋に響く。

パンツのウエストのゴムから這い出るようにして陰茎の先端の笠が顔を出した。

ズボンの裏地に擦られている先端の笠に、痛みとも快感ともつかない細かい刺激が生まれる。強い刺激をこれ以上受け止めてしまえば、白い粘液を放ってしまうのではないか。

慎吾は秘密のドアを閉めることもできず、ドアの前で立ち尽くしていた。

「どうしたの？　ふふっ、びっくりして固まっちゃったみたいね」

「信じられません。オフィスビルに、プライベートの場所があるなんて……」

「秘密のひとつやふたつ、わたしだって持っているわよ」

美貴子が囁くように言った。

社長室で交わした時とは明らかに違う艶《あで》やかな声だ。トーンも低い。

部屋の中央のキングサイズのベッドのスプリングが軋《きし》んだ音を微かにあげた。仰向けになっている軀をわずかにずらした。瞳に潤《うる》みを湛えた美貴子が視線を絡めてきた。

ストッキングが天井の明かりを浴びてツヤツヤと輝いている。それが美貴子の秘めた想いを代弁しているように思えてならない。

「お風呂やトイレもあるんですか」

空気がふっと和んだ。

美貴子が微かに笑みを洩らした。

妖しく粘っこい雰囲気が漂っているというのに、どうしてそんなことを話題にしたのか。なんて野暮な男だ。こんな時に自分の田舎《いなか》者ぶりが出てしまうものなんだよ、ああっ、厭だ、厭だ。慎吾は言った直後、猛烈に後悔した。軀が火照り、頬が赤く染まっていくのを感じた。けれども、それ以上にふさわしい話も考えつかなかった。

「もちろん、あるわよ」

美貴子が薄茶色の長い髪を指先で梳きあげた。白い耳朶にはまったピアスがキラリと輝いた。ベッドサイドから二メートル程離れたドアを指した。そこにはピンクの壁紙と同系色のドアがあった。

「見てきても、いいわ」

その声にうながされ、慎吾はホッとしてようやく足を動かすことができた。膨張している陰茎がゆっくりと力を失っていった。

そこはゆったりとした空間で、慎吾の四畳半の部屋と同じくらいの広さがありそうだった。右側が壁一面に鏡を張った洗面台、その奥には仕切りをしていないトイレ、左側が浴室だった。浴室には湿気が感じられなくて、ほとんど使っていないように思えた。

部屋に戻った。

ドキリとして足が止まった。

天井の明かりが消されていた。ベッドの脇のテーブルに置かれたランプだけが灯っていた。カーテンも引かれている。新宿の高層ビル群の明かりも見えない。

「こっちに、いらっしゃい」

オレンジ色に染まった薄闇の中で、粘っこい声が響いた。萎えはじめていた陰茎がすぐさま力を取り戻した。

たるんだ皮がひきつれる。めくれていく皮の間に陰毛が挟まり、抜けていく。細かい痛みが陰部に生まれるが、それが快感につながり、陰茎を膨張させる刺激になった。ほんの数秒で、先端の笠もすっかりあらわになった。めくれた皮が、張りつめた笠と幹を隔《へだ》てる溝におさまった。

「すごいですね。この部屋の存在を、会社の人たちは誰も知らないんですよね」

おずおずと声をかけた。

美貴子が顔をあげ、「そうよ」と応えた。

「ぼく、だけですか……」

生唾を呑み込んだ。喉が鳴る音が部屋に響くような気がして、天井の隅《すみ》や濃いピンクのカーテンに視線を遣った。

「残念ながら、君だけではないわ。ふふっ、美佐子も知っているの」

「五代さんも、ですか」

「驚いた顔してるわね。ふふっ、そんなに意外かしら。それとも自分以外にも知っている人がいて残念なのかしら」

「ぼく、そんなに欲張りではありません」

「そうかしら？」

「こちらの会社を紹介してくれたので、美貴子さんと五代さんが親しいことはわかってました。でも、こんな秘密の部屋のことまで知っているなんて……。女性同士って、秘密を共有しないものと思っていました」

「彼女は特別だから……。そんなことより、いつまで突っ立っているの。こっちにいらっしゃい」

もう一度、髪を梳きあげ、美貴子が微笑んだ。額が現れると、それまでのやり手の女性といった雰囲気が消え、ボーイッシュな印象が強くなった。

慎吾はわずかに腰を折りながら、ズボンの陰部を隠すようにベッドの端に坐った。すでに数十分前に、社長室の隣にある休憩用のプライベートスペースで一度、軽くキスを交わしている。そうした触れあいを済ませているためだろうか、それともこの秘密の部屋にいるからだろうか、美貴子がためらいの表情を見せることなく背後から抱きついてきた。

彼女はまだ、ジャケットすら脱いでいない。慎吾もリクルート用のスーツを着ている。それでも背中に、彼女のふくよかで張りのある乳房を感じた。

「あっ……」

慎吾は思わず、声を洩らした。

首筋に生温かい息が吹きかけられた。お尻から背筋にかけて、鋭い震えが走った。

「わたし、君が洗面所から逃げだすんじゃないかって心配になったんだから」

美貴子の声が、背中にべたりと張りついてきて、またしても慎吾は軀を震わせた。

ねっとりとした彼女の火照りを背中に感じる。それは、五代美佐子の体温とも、江田昭子の慎《つつ》ましさのこもった熱気とも違っていた。

成熟した女性だからだ。これが慎吾と同年齢の女性だとしたら、たぶん、これほどまでの違いは表れないはずだ。

「洗面所にドアなんか見当たりませんでした……。あそこにも秘密のドアがあるんですか」

「ないわよ、ふふっ」

「逃げだすと思ったんですか」

「顔が青ざめていたし、頬《ほお》が震えていたもの」

「すみません。こうした部屋に入ったことなんかなかったから……。どんな風に振る舞っていいのかわからなかったんです」

「だめよ、そんなことじゃ。君はね、どんな時でも、どんな場所でも、好きなようにしていないとね」

どこかで聞いたような言葉だと思った。

いったい誰に言われたのかと考えているうちに、それがラブホテルで江田昭子に言われた言葉だったと気づいた。ズボンを脱がして欲しい気持を抑えていた時に、彼女にそんなことを言われた。そして彼女のその言葉に勇気づけられもしたのだ。

「江田さんにも、ぼく、同じようなことを言われました。やっぱり、皆さん、似たようなことを言われるんですね」

「ふうん……、偶然ね。彼女、そんなこと言っていたの」

「すごく、勉強になりました。江田さんと話をしてよかったです」

「君、なかなか上手ね」

「上手?」

「だって、ほかの女のことを持ち出して、さりげなく、嫉妬心を煽るんですもの」

「そんなつもりでは、ありません」

「嘘……」

美貴子の腕に力がこもった。慎吾は引き寄せられた。支えになってくれている美貴子が軀をすっと離した。

仰向けのままベッドに倒れ込んだ。

額をあらわにした美貴子の顔が近づいた。うっとりとした表情だ。その中に、少年のような初々しさにも似た色合いが混じっているような気がした。

成熟した女性なのに、どうして、少年のような雰囲気があるのだろうか。慎吾はふっと疑問が浮かんだが、美貴子の息が頬に吹きかかるのに気をとられているうちに忘れてしまった。

くちびるが半開きになった。パールの入ったピンクの口紅が艶やかに輝く。くちびるの内側の唾液に濡れた粘膜が、濃く濁ったオレンジ色の明かりに染まっている。並びの整った白い歯がくっきりと浮かびあがる。

「ねえ、キス、して」

「あっ、はい」

「もっと強く抱きしめて」

口の端に笑みが湛えられている。穏やかで艶やかな微笑だ。

慎吾は顔を近づけた。

就職先の社長と、今まさにキスをしようとしている。その事実に、慎吾の陰茎は反応する。陰茎の先端の小さな切れ込みから、透明な粘液が滲み出ている。

くちびるが重なった。

ピクリと美貴子の頬が震えた。

あどけなさの感じられる反応だった。

慎吾が先に舌を差し入れた。生温かい。唾液はさらりとしていて味がない。そればかりか口紅をつけているというのに人工的な香りもほとんど感じられないし、女性の軀から放たれている甘い匂いも漂ってこない。

美貴子の舌は、かたくなに口の底にとどまっている。慎吾は舌先を尖らせると、彼女の舌をおびき出すように突っついた。

おずおずとそれに応えてきた。

舌を絡める。

先程よりも熱くなっている鼻息が吹きかかる。慎吾の頬が湿り気を帯びはじめる。

陰茎の中心を血流が勢いよく駆けあがっていく。下腹に寄り添いながら、膨張した陰茎がパンツのウエストのゴムの下を這うように顔を出した。笠を半分程覆っていた皮はすっかりめくれた。

「素敵よ、倉木君」

舌を絡めようとした時、美貴子がくちびるを離して吐息まじりに囁いた。

低いトーンの声が部屋に微かに響き、穏やかに消えていく。ほかの女性とは違った妖しさに包まれ、慎吾の背中にぞくりと震えが走った。

靴を脱いだ。仰向けになった軀をずらしながらベッドにあがった。シングルベッドをふたつ合わせたような大きさだ。

慎吾は起きあがろうとした。美貴子のゆったりとしたキスや、それ以上、なかなか愛撫してこないことに焦れったくなったのだ。

「だめよ、そんなに急いじゃ」

美貴子に制せられた。胸元をてのひらで押さえられた。

「我慢できないんです。美貴子さん、さっきぼくに、やりたいようにしなくてはいけないって教えてくれたばかりじゃないですか」

「ええ、確かにそう言ったわ。でもね、今はわたしのやりたいようにさせて欲しいの」

「でも……」

「ふふっ、仕方ないわねえ。でもね、こればかりは聞いてあげられないわ」

「どうして、ですか」

「君は幸運をしっかり摑んでいる人だから」

「それと、ぼくが手を出せないのと、どんな関係があるんですか」

「あなたの幸運や、その強さにずっと触れていたいの」

「それって、ぼくのほうから触れてはいけないんですか」

「まあ、そういうことかしらね……」

「軀に触れることで、ぼくの持っている強い運が伝わるものなんですか」

「それは間違いない。それ以外には考えられないでしょ？」

「ひとつ、訊いてもいいでしょうか」

「急にどうしたのかしら？　また顔がちょっと怖くなったわよ」

美貴子が頬を緩ませたままうなずいた。

慎吾が美貴子の会社に就職できたのは、強運を持っている男、と五代美佐子が推薦してくれたからだ。彼女の話によれば、成績の優秀な者より、運の強い者を優先的に採用しているということだった。

もしそうだとしたら？　社長のメガネにかなって採用された男性社員は皆、社長と触れあっていることになりはしないか。そんな疑念にも似た想いが、慎吾の胸の裡に咄嗟に迫りあがってきたのだ。

「この秘密の部屋で触れあうことを、あらかじめ考えたうえで採用してくれたんでしょうか」

「そんなこと考える訳ないでしょ」

「でも、美貴子さんは強い運を持つ者を社員にしているんでしょ？」

「君は美佐子が紹介してくれたからよ」

「五代さんの紹介だと、こんなことするんですか」

「面白いことを訊くのねえ。君、わたしとこうしているのが厭なのかしら」

「そんなことありません」

「まあ……、ほんとかしら」

「本当はこうなればいいかなって、ちょっと考えました」

「ふふっ、正直ね、君は。きっとその正直さが幸運を招き寄せる源《みなもと》かもしれないわね。なんだか、本当のことを話してもいいかなって、気になってきたな。不思議ね、君って」

「本当のこと？」

「そう、ほんとのこと」

「今までのことは嘘だったんですか」

「そうではないわ」

「言ってください」

「美佐子と親しくしているからきっと、そのうちにわかっちゃうことだと思うの。彼女の言い分だけを耳にすると誤解されるかもしれないから、わたし、思い切って話すわ」

慎吾は息を詰めた。

膨張している陰茎がゆっくりと力を失っていく。いったいこの女性は何を考えているんだ。驚くことばかりだ。貧乏学生の想像を超《こ》えた話ばかりではないか。

美貴子の瞳を覆っている厚い潤みがさざ波を立てながらひいていく。白目が青みを帯び、黒い眼がくっきりと浮かびあがる。

「実はね……」

そう言うと、天井に向かってため息を大きく吐き出した。

ほんのわずかに沈黙の時間が流れた後、美貴子が口を開いた。

「美佐子とは大学時代からの友だちなんだけど、同時に、恋敵《こいがたき》でもあったの、ふたりでひとりの男性を奪い合ったのね、結局、わたしがその男性を勝ち取る結果になったの、当然といえば当然だけど、しばらくの間、美佐子との仲がぎくしゃくしてしまったの、二年程疎遠になっていたけど、あることがきっかけでまた、以前と同じようなつきあいがはじまるようになったわけなのね」

そこまで言うと、美貴子がまたため息をついた。

いったい何がきっかけでふたりの関係が修復したのだろう。慎吾は彼女の話を待ちきれずに声をあげた。

「いったい、何があったんですか」

「察しがつくんじゃないかしら」

「ええ、まあ……。美貴子さん、その男性と別れたんでしょう、きっと」

「君の想像のとおり。わたしは、その男性と別れてしまったの。いいえ、それは正確ではないわね。その男性と別れざるを得ないことになってしまったの」

「海外赴任《ふにん》が決まったとか？」

「ううん、違うわ」

「まったく別の女性と結婚してしまった、なんていうことでしょうか」

「いいえ、彼に限って、そんなことするはずがないわ」

「それでは何が、原因なんですか」

「事故で亡くなってしまったの」

「えっ、亡くなった……」

慎吾にとっては、思いがけない別離だった。またしても想像を超えた話だった。すぐには次の言葉が見つからなかった。

「ショックだったわ」

美貴子がポツリと呟いた。ふうっと深いため息をつくと、「美佐子にわたし、責められたのよ。今でもたぶん、ずっと責めているのだと思うわ」と言った。

「事故だったんでしょ？　責められてもどうしようもできないでしょう」

「彼女にはそうした道理がわからないの。愛していた男性を、わたしが殺したとでも思っているの、たぶん」

「そんな……」

「だから彼女からすると、わたしはとてつもなく運のない女性だってことになるの。彼女ったら、会うたびにそんな風なことを匂わしたり、ひどい言葉を投げつけてきたわ」

「非難したい気持もわからないではありませんけど、だからといってやっぱり、どうにもできないじゃないですか」

「そうなの。自分が努力してできることならいいんだけどね……」

「五代さん。ひどいことしたんだなあ」

「彼女に言われているうちに、わたし、自分がつくづく厭になったのね。運のない女なんて、最低でしょ。この会社を興して間もない時だっただけに、運の強い人が必要だということに気づいたの」

「それで、成績のいい者より、運の強い者を採用するってことになったんですか」

美貴子が仰向けのまま、万歳《ばんざい》するように両手をあげ、ゆっくりとため息を吐き出した。

慎吾は彼女の横に軀を寄せた。

五代美佐子だけでなく、金井美貴子もまた深く傷ついたはずだ。そんなことを少しも表さない彼女のことが、痛々しいくらい健気《けなげ》に感じられた。

慰めの言葉がいくつか浮かんだが、慎吾は胸にぐっと押しとどめた。その代わりに、自分の体温で彼女を包んであげようと思って黙ったまま抱きしめた。

2

美貴子への愛おしさが満ちていた。

ごく自然に慎吾は、美貴子の顔に頬を寄せた。

真里に手紙を書いている時のような素直なやさしさが溢れていた。性欲にうながされたわけではない。かといって、慰めようというつもりでもなかった。胸の裡を照らしてみると、慈しみといった感情があるように思えた。だからこそ、慎吾はこの時、二〇歳近い年齢差も、社長とこれから入社する社員という立場の大きな違いも忘れて美貴子を強く抱きしめたのだ。

「苦しいわ、そんなに強く抱いちゃ」

「いいんです、ぼく、こうしたいんです」

「少し加減をしてちょうだい、ねっ、お願い」

美貴子の軀はすでに火照っていたが、それでもまだ頬はいくらかひんやりとしていた。

四〇歳という年齢とは思えないくらい肌がすべすべしていた。

「美貴子さんに、ぼくの持っている運が巡っていけばいいなって、心の底から思います」

「ああっ、うれしい」

「だから、ねっ、ぼくのほうから触れたってかまわないでしょ」

「そうね」

「ぼくのもっている強運は、擦《す》り減ってなくなるものではありません。そんな中途半端なものではありません」

「頼もしいのね」

「ぼくの運を信じてくれたんですからね、それにしっかり応えたいと思います」

「わたしを守ってね」

「もちろん、です」

顔を寄せた。唾液をたっぷり絡めた舌先を、彼女の耳朶から首筋にかけて舐めおろしていった。華奢な軀がビクンと大きく痙攣し、硬直した。快感が走り抜けたせいなのか、驚いただけなのか、どちらともつかない反応のように思えた。

慎吾はそれでも気にせずに舐めつづける。首筋から鎖骨まで舌を這わせる。わざと唾液をたっぷりとつけ、肌に塗り込むようにする。くちゃくちゃと濁った音があがる。それも意識的だった。

美貴子の軀の火照りが強まっているのがわかる。鼓動が速まり、息遣いも乱れがちになっていく。

「ふう……」

鼻にかかった甘い声が美貴子の口の端から洩れた。

それがきっかけとなった。

硬直している軀が緩みはじめた。

鼻息に掠《かす》れた音が混じるようになった。変化はそれだけではない。いつしか肌がしっとりとしてきて、軀全体のやわらかみも増したようだった。

紫色がかった紺色のジャケットを脱がしにかかった。

ベッドが揺れ、ふたりの軀がゆるやかに波打つ。薄いクリーム色のブラウスの胸元に目を遣ると、ブラジャーが透《す》けて見えた。縁だけでなく乳首を守るカップの頂点のあたりまでふんだんに施した刺繍が、くっきりと浮かびあがっていた。

ジャケットをカーペットに落とした。皺《しわ》になったら悪いな、という気持がさっと胸を掠めたが、すぐにそれを忘れようとした。自分の貧乏臭さが美貴子に乗り移ってしまってはいけない、と本気で思った。

陰茎が何度目かの膨張をはじめている。慎吾は下腹部に意識を集中させた。

笠の先端の小さな切れこみからはすでに、透明な粘液が滲み出ていた。皮がめくれたり戻ったりを繰り返しているうちに、結果的に粘液を拭うことになって、皮の端はすっかりヌルヌルに濡れていた。

ブラウスのボタンを外した。

美貴子に抗《あらが》う様子はなかった。ただ、表情はうっとりとしている風ではなく、どちらかというと必死に苦しみを堪《こら》えているといった感じがしてならなかった。

「美貴子さん、どうしてそんなに苦しそうな顔しているんですか」

「いや、そんなこと訊いちゃ」

「すごく気になります。ぼく、いけないことをしている気持になっちゃいそうです」

「そんなことないから心配しないでね。わたし、ずっと忙しかったでしょ、男性とこんな風に親しくするのは久しぶりなの。やり方を忘れたわけではないのに、なんだか、緊張しちゃっているのね」

「もしかしたら、その亡くなった男性との触れあいが最後だったんですか」

「いや、思い出させないで」

「あっ、ごめんなさい。そんなつもりはなかったんです、忘れてください」

美貴子の気持を変えようとして、慎吾はブラジャーを荒々しく摑んだ。今まで感じなかった甘い香りがほのかに漂いはじめていた。ブラジャーのストラップがよじれていた。それが慎吾の性欲を刺激した。

乳房のすそ野が胸元にまで流れてきている。呼吸をするたびにやわらかいすそ野がプルプルと揺れる。すそ野がつくる浅い谷間に、慎吾は顔を寄せていった。

甘い香りが強くなった。

薔薇《ばら》の匂いだ。成熟した女性だからこそ似合う香水のように思える。若い女性が背伸びしてそれをつけても、匂いと女性の軀が放つ雰囲気が合わないだろう。そう思うと、こうして美貴子の肌に触れていられる悦びが増幅していくようだ。

乳房の谷間の端にくちびるをつけた。

汗ばんでいる。さっきまではしっとりとしていた肌が、ヌルリとした粘り気のあるものに変わったようだった。

これから女社長のブラジャーを剝ぐ。

そう考えた瞬間、慈しみや愛しさを覆いつくす程の性欲が湧きあがった。そして同時に、おれは強運の持ち主だ、と思った。

金はないし、車ももちろん持っていない。華やかなマンション暮らしでもない二流大学の学生にとって、セックスできるだけで十分幸運なのだ。それなのに、齢は二〇歳近く上だが地位も名誉も金もある女性と、こんなにも親しくなり軀を重ねることができるのだ。

これを運の強さと言うほかないだろう。

胸元からみぞおちにかけて、すっかりあらわになった。スカートに隠れているボタン以外はすべて外したのだ。ピンクのブラジャーが上下に揺れる。鮮やかな刺繡が慎吾の目に飛び込んでくる。その映像の妖しさがすぐさま、膨張している陰茎に直結する。

美貴子の呼吸がゆったりとしたペースだが、確実に荒くなってきている。表情はあまり変わらないが、高ぶりが強まっているのは明らかだ。

ブラウスを脱がした。美貴子は素直に従った。腕をあげたまま、瞼を閉じ、ひそやかに呼吸をつづけている。

すべすべしている腋下《えきか》が目についた。

慎吾の同級生たちと違って、五代美佐子にしても江田昭子にしても、そこは手入れが行き届いていてツルツルだ。こんなところに若い女性にないゆとりや成熟の度合いや生活の豊かさが見えるような気がして、くちびるを腋下につけた。舌を差し出すと、二の腕の裏側まですっと舐めあげた。

「あっ、だめ」

美貴子が甲高《かんだか》い声をあげた。腋の下が小刻みに震えた。胸元まで流れている乳房のすそ野が波打った。頰の赤みが増し、それがゆっくりと肩口から胸元に拡がっていく。

彼女の変わり様に、慎吾の高ぶりは煽られた。パンツのウエストのゴムの間から顔をだしている先端の笠を、美貴子の太ももに押しつけた。押し返してくる気配はなかった。それどころか、さりげなく避けようとさえした。そうした美貴子の反応が初々しく思え、高ぶりはさらに増幅していった。

ブラジャーを外した。

白い肌だった。

江田昭子の肌がふっと脳裏を掠めた。彼女もまた白い肌だった。無意識のうちにふたりの肌を比べていた。江田昭子のほうは、どちらかというと、絵の具の白に近い色合いのような気がする。美貴子はどうかというと、皮膚が薄いせいか、透明感のある白なのだ。光の加減によっては青白く見えることもあるだろう。なにしろサイドテーブルのランプのオレンジ色の光に染まっていても、その透明感は薄らいでいないくらいなのだ。

乳房は円錐の美しい形を保っていた。四〇歳という年齢とは思えない。艶やかでありながらも躍動感があるのだ。そうした印象が乳房の張りから生まれるのか、円錐の形から与えられるのか、慎吾にはよくわからない。

腋のほうから乳房をすくいあげるように揉み上げた。

てのひらに重みがずしりと伝わってくる。乳房の下辺がとりわけたっぷりとしていて豊かだった。胸元まで拡がっていた赤みを帯びた火照りが乳房のすそ野や谷間まで染めていた。腋下を舐めたためだろうか、肌の赤みは腋から背中のほうにまでつづいていた。

空いているほうの左手を、太ももにあてがった。ゆっくりと撫でる。膝のあたりを二度、三度とさすった後、スカートをめくりながら太もものつけ根に向かって撫であげていく。

ベージュのストッキングのざらついた感触が指先に拡がる。美貴子の膝の震えが伝わってくる。右のてのひらで包んでいる乳房の火照りが強まり、触れあっている肌が湿り気を帯びてくる。

「やさしいのね、倉木君」

目を閉じたまま、美貴子がしっとりとした低い声を洩らした。両足を揃えて伸ばしている。スカートがあがっていくことに抗《あらが》っているわけではなく、それを静かに受け入れようとしている風だった。

慎吾は愛撫をいったんやめ、囁くように声を投げかけた。

「やさしいって、何が?」

「わたしなんかより、ずっと慣れているから、ちょっと安心したの」

「それがやさしい、ということですか」

「こだわるのね」

「あんまり言われたことありませんから。どこがやさしいのかなって、訊いてみたくなったんです」

「手つきかなあ。指先がやわらかく感じるのよ、とっても。女の子の指みたい、まるで。動きもやわらかいし……」

「本当は、これってぼくのペースではありません。たぶん、もっとがさつです」

「そうかしら」

「がさつさが出ていないとしたら、きっとそれは、美貴子さんのやさしさに包まれているからです」

「ふふっ、上手ね」

「不思議だけど、本当です」

「そんなことって、あるかなあ」

「あります」

慎吾はそこだけ、自分でも驚くくらい強い口調で言っていた。美貴子もまた戸惑ったような表情になっていた。

「ムキになって……。可愛いわよ」

「すみません、大きな声を出すつもりなんかなかったんです」

「君がそう言うなら、きっとあるのね。わたしの雰囲気に包まれたから、がさつさが消えたとすれば、うれしいって言ったほうがいいのかしら？」

「はい、そうだと思います」

「君らしさをわたしが消してしまっていることになっているんじゃないかなあ。わたしはね、それが結果的に、君の持っている強い運を導く力を削《そ》いでしまうことになるのを怖れているの」

「大丈夫です、ぼくには確信があります」

「すごい自信。わたし、うれしいわ」

「美貴子さんを安心させるために言っているんではありません。ぼくは自分のことを、信じて疑っていませんから」

「それが大切なのよね」

慎吾はうなずいた。軀が熱くなっていた。喉の奥がむずむずした。くちびるを舐めてから唾液を呑み込もうとしたら、言葉が次々に溢れるように出てきて止められなくなった。

自分のがさつさを長所と思っている人にとっては、それを打ち消すものに出くわしたら鬱《うっ》陶《とう》しいと思うでしょう、でもね、ぼくはそれが短所だと思っているんです、がさつさとは心の弱さだという気がするからです、長所を伸ばしながら成長することは当然ですが、短所を打ち消して成長していくこともあるんです、ぼくはその両方を上手に使い分けながら自分を高めていきたいと思っているんです、と応えた。

円錐形の乳房を目の前にして話すことではなかったが、ムキになっていて、話を途中で止められなくなっていたのだ。

「ふふっ、可愛いなあ。まだ若いから、それくらいツッパっていないといけないわよ」

「冷静ですよ、ぼく」

「さあ、どうかしら。ふふっ」

美貴子が口元に笑みを浮かべると、小さく笑い声をあげた。慎吾の脇腹を指先で軽く突っつくと、今度は軽やかな声で笑った。

同級生の朋絵と話していたなら、互いにヒートアップしてしまい収拾《しゅうしゅう》がつかなくなっていたはずだ。慎吾の暴走しかけた気持が、笑い声でふっと落ち着いた。

さすがに美貴子は、五九四名の社員のトップだけのことはある。それに二〇歳近くも離れているだけに、雰囲気を和ませる術《すべ》を知っていた。乳房を両腕で隠しながら、火照った上体を起こした。慎吾はスカートの中に入れている手を抜くしかなかった。

「それにしても、それだけ夢中で話ができるってことは、君の中に、何か確かなイメージや経験があるみたいね」

「そんなものは、ありません。自分の家が貧しかったから、お金がないために起こるイライラとか不安とか両親の言い争いなんかを、毎日のように見たり聞いたりしてきたからだと思います」

「そうかなあ。わたしの想像だけど、君の尊敬している女性に関係しているんじゃないかしら。わたしね、君の瞳を見ているうちに、面接に来た時に話した女性のことを思い出していたのよ」

「まったく関係ありません」

慎吾は即座に否定した。

美貴子が言ったのは真里のことだ。社長室で面接している時、尊敬している人は？　と訊かれ、大学を終えようとする今までずっと心に秘めて想ってきた、真里という中学時代の同級生だと正直に話したのだ。

真里のことを持ち出された戸惑いを拭おうとして、美貴子の乳房に視線を戻した。だが、戸惑いは脳裏から離れていかなかった。

なぜ美貴子は、真里のことを持ち出したのだろう。同級生の女の子のことを尊敬している人物と言ったから？　上体を起こしている美貴子を抱きしめた。尖らせた舌を湿り気を帯びた肌に這わせた。

美貴子を押し倒した。

もう一度、スカートの中に手を入れた。太ももを撫であげていく。指先にストッキングのざらついた感触が戻ってきた。スカートの裾を手首を使ってめくりあげる。

同時に、首筋に舌を這わせた。そうしているうちに、戸惑いは薄らいでいった。

乳首はすでに尖っていた。豊かな乳房からすると乳首は小粒だった。乳輪もまた面積が小さく、透明感のある肌のためか、それほどくすんだ色合いではなかった。

「ねえ、ちょっと待って、倉木君」

「えっ……」

「わたし、気分屋ではないんだけど、今はなぜか、高ぶっている気持が醒《さ》めてきているの。だから、ねっ、愛撫をやめて欲しいな」

「どうして」

「いろいろな話をしているうちに、こんなに遅くなっちゃったでしょ。疲れが出てきたみたいなの」

ベッドサイドに置いたデジタル時計は、午前零《れい》時過ぎになっていた。明日、わたし早いのね、着替えがないからこのまま今夜、ここに泊まるわけにはいかないの。

美貴子の手が伸びた。太ももに這わせている手が戻された。無理強《じ》いできるはずもなく、慎吾は素直に従うしかなかった。

本当に明日の着替えがないのか。それとも、先程の話が気に入らなかったせいだろうか。釈然としない気持を抱えたまま、ベッドを降りた。膨張していた陰茎は萎えている。脈動が走り抜けることはなさそうだった。パンツのウエストのゴムから顔を出していたが、それもいつの間にか静かに戻っていた。

張りつめていた皮が緩み、先端の笠をじわじわと覆いはじめた。

3

前略　真里さん

君は昨夜のクリスマスをどんな風に過ごしたのかな。きっと穏やかで楽しい夜だったでしょうね。

ぼくは昨夜、会社の女性社長に呼び出されてその人と過ごしました。特別扱いでしょ？　自分でもそう思います。彼女はしかし、ぼくの個性や人格といったものを好きというのではないんですね。ぼくが秘めている幸運を呼ぶ力に対して興味や敬意といったものを抱いているんです。正直言うと、それが不満です。

朝まで一緒だったわけではありません。嘘ではないですよ。真里さんには、どんなことでも正直に話をしてきましたね。だから、ぼくが嘘をついていないことは、わかってますよね。午前一時前にはアパートに帰ってきました。

そうだ、もうひとつ報告しておきます。

昨夜、女性社長と話をしている時、彼女の口から真里さんの名前が出てきました。楽しい話の時に登場したわけではなかったので、ちょっと苛ついてしまいました。ぼくにとって大切な真里さんが穢《けが》されているような、とっても厭な気持になってしまったんですね。もちろん、そんなことは社長さんには言いませんでした。喉まで出かかったんですが、腹に力を入れてぐっと抑えました。

そんなことがありましたが、その女性の会社に就職できてよかった、と思っています。ぼくは必要とされているんですから。

また手紙、書きます。

電気ストーブをやっと買いました　慎吾

真里に宛てた便箋を、慎吾は丁寧に封筒に入れると、コタツ板の下に差し入れた。ボールペンを投げた。コロコロと乾いた音が短くあがって、封書の束《たば》にぶつかって止まった。

秘密の部屋についても書いてしまおうかと思ったが、いくら真里といえども、そこまでは書けなかった。

それは自分と社長とをつなぐ秘密の糸だからだ。慎吾は昨夜のことをそう考えていた。秘密の部屋の存在を教えてくれたことが、つまり、必要とされているという確固とした自信の源になると思った。

それを明かしてしまうと、せっかく心に芽生えたものが、すっと離れていってしまうのではないか、と思ったのだ。

「ふうっ」

慎吾は寝ころぶと、首までコタツに潜り込んだ。電気ストーブを買ったが、電気代が気になり、ひとりの時にはとても使う気にはならなかった。

躯の芯が痺れはじめた。

昨夜の疲れが出てきたらしい。肉体よりも心のほうの疲労のようだ。二時間程前に起きたばかりだというのに、眠気が襲ってきた。コタツの設定温度をもっとも低くすると、目を閉じた。

昨夜、美貴子と話をしている時の情景を思い出した。

なぜあの時、カッとなってしまったのか。自分は冷静であると強がってはみたが、そんなことはない。慎吾は自分でわかっていた。明らかに、頭に血が昇っていた。何かのイメージや経験があるのではないか、と美貴子に訊かれた。もちろんすぐに否定したが、実は確かな経験があったのだ。

眠気が強まっている。コタツの暖かさが軀の芯に伝わってくる。

座布団をふたつに折り、枕代わりにした。朋絵がつけている柑橘《かんきつ》系のコロンの匂いが微かに鼻腔に入ってきた。

女性の顔が浮かんできた。

朋絵ではない。

真里でもなければ、社長の金井美貴子でもない。もちろんそれは最近知り合った五代美佐子や江田昭子でもなかった。

真里のお母さんだ。

軀が温かくなってきた。慎吾は自分が目を醒ましているのか、眠っているのかよくわからなくなった。

九年前の姿。三四歳の華やいだ雰囲気を漂わせる素敵な女性だ。性欲というものをはっきりと意識した最初の異性だ。

腋の下のあたりまで長く伸ばした黒い髪。瞳はいつも潤んでいて、涙ぐんでいるような感じだった。瞳の奥は深い黒色をしていて、時折、艶やかに輝いた。

神秘的な存在だった。自分にも、自分の両親にもない教養と気品を備えていた。

真里のことを好きになり、家に遊びにいくようになって、お母さんとごく自然に知り合いになった。

その出会いがなければ、慎吾は今も自分が貧しさを呪うだけの馬鹿な男にすぎなかったと思う。お母さんといることで、自分がいかにがさつな人間であるのか思い知らされた。そして、お母さんといることで、それを消し去っていくことができたのだ。

ふたりでテレビを観ていた。その時の情景が脳裏に浮かんだ。

テレビではシンクロナイズド・スイミングの中継をしていた。オリンピックか、世界選手権か。いずれにしろ、大きな大会だ。

真里は塾に行っていた。

その時間、真里がいないことを承知で、慎吾は訪ねていたのだ。父親は不在だった。健康食品の会社に勤めている研究職のサラリーマンで、生産拠点の東南アジアに、年の半分以上出張していた。それも承知していた。妹がひとりいるが、まだ幼く、早い夕食の後、すぐに寝てしまうのもわかっていた。

甘い記憶に浸っていると、お母さんの笑顔が大きくなった。

『お母さん……』

慎吾は声をかけた。

『君はすばらしい星の下に生まれついたことを胸に刻みつけているでしょうね』

『はい、お母さんのその言葉があったからこそ、ぼくは運を信じられるようになったんですよ』

『わたしと出会ったことも、君に幸運がついてまわっているから。娘の真里と出会ったことも運があったから。運が真里を招いたのね。忘れていないでしょう？』

『お母さん、会いたかったです』

『会いたくなったら、いつでもいらっしゃい。君なら大歓迎よ』

『真里さんが怒るんじゃないかな』

『そんなことありません。真里はあなたと出会ったことをものすごく喜んでいるわ』

『毎日のように、遊びに行きましたね。キャラメルをもらえるのが、ぼく、楽しみだったんです』

『それだけだったのかしら』

『お母さんに教えてもらわなければ、フランソワーズ・サガンの「悲しみよこんにちは」

も、ヘルマン・ヘッセの「車輪の下」も、ジャン・コクトーの映画「美女と野獣」も中学生の時に知ることはなかったと思います。お母さんと同じ空間にいるだけで、ぼくは幸福でした。ぼくの軀から貧しさやがさつさが消えてなくなっていくようでした』

『よく覚えているのね』

『お母さん……』

慎吾は声をあげて応えた。いや、あげようとしたが、喉の奥がむずむずとしているだけで声にならなかった。お母さんの笑顔が見えた。微笑みを返そうとした。

待って。

お母さん……。

そのお母さんの顔に、真里の笑顔がだぶった。ふたりの姿が薄くなっていく。

行かないで、真里さん。

その時だ。

男の声が飛び込んできた。

夢ではないらしい。二度、三度と同じ言葉が繰り返し、聞こえてきた。

「おい、どうした」

慎吾は目をきつく閉じた。

眠っていたのだろうか。起きたまま夢をみたのかもしれない。

「大丈夫か、倉木」

男の声がつづけてあがった。

誰？　コタツに入っていたはずなのに、なぜ男の声がするんだろう。

うつらうつらしながら考えるうちに、意識が戻ってきた。やはり眠っていたらしい。

河合がベッドに坐っていた。

大学一年生の時に知り合ってからつきあいがつづいている唯一の男の友人だ。

驚いたようなまごついているような複雑な表情をしていたが、目が合うと、にっこりと笑った。

慎吾はコタツから顔を出した状態で、あくびをした。ウーロン茶を買ってコンビニエンスストアから戻った時、ドアに鍵をかけなかったのを思い出した。鍵を常にかける習慣がなかったし、四畳半一間の狭い部屋に泥棒が侵入するとも思えなかった。

コタツから出ることができない。

勃起していた。

強い脈動が駆けあがっている。血流が勢いよく巡る。お母さんの顔を見たからだろうか。それとも昨夜、美貴子と肌を合わせたというのに、ひどく中途半端な状態のまま終わったせいだろうか。たぶん、そのふたつの理由が重なって、硬く尖っているのだ。

「びっくりしたか？」

ハワイで焼いてきた顔を近づけながら、河合が言った。電気ストーブに気づき、これかあ、今日、朋絵さんから電話で聞いたんだ、やっと買ったんだな、ガスコンロで暖をとらずに済むな、と声をあげた。

勃起がいくらかおさまってきた。慎吾は這うようにして上体を起こした。

「いい夢みていたのに、邪魔された。よりによって、寝ている時に入ってくることはないだろ、おい」

「びっくりさせようと思ったんだよ。あんまり驚いていないようだな。暇つぶしになると思ったのに、残念だよ」

「おいおい、おれを暇つぶしに使うのか、勘弁してくれ。それよりも、ちょっと黙っていてくれないかな」

「ひどい言い草だな」

「夢の余韻《よいん》に浸りたいんだ」

「悪い夢だったんじゃないか？」

「久しぶりに見た、すごく素敵な夢だったんだぞ」

「おれ、一五分くらい前に来ていたんだ。今日、暇だったからさ。おまえ、うなされっぱなしだった。苦しそうな顔していたんだよ、よっぽど起こしてやろうかと思った。だけど、ほら、寝言に応えると死んじゃう、といった迷信があったような気がするけど……、おまえ、知っているだろ？」

「知らん、そんなの」

「まあ、いいや。おれは、こう考えた。悪夢にうなされている時に起こしてしまうと、その悪夢に閉じこめられてしまう、とな。どうだ、なかなかのアイデアだろ」

「まあな。でも、悪夢かどうか、誰が判断するんだ。怖くてうなされているのか、気持よくて呻いているのか、わからないだろ」

「そうだな。それよりも、どんないい夢だったんだ、教えろよ」

「昔々の、幼かった頃の淡い恋のことだよ」

「真里さん、だったかな。彼女のことか」

「彼女も出てきた。けど、主人公の女性は違っていた」

河合と朋絵のふたりは、慎吾が真里宛てに手紙を書いていることを知っている。大学一年生の時の、まだ東京の生活に慣れない頃に、綴《つづ》っているのを見られたのがきっかけで、ふたりに教えたのだ。だが、会わせたことはない。会わせる気もなかった。

「本当に存在しているのかなあ、おまえが創りだしたファンタジーではないのか。その真里さんという彼女から届いた手紙、おれ、一度も見せてもらったことがないぞ」

河合が軽口をたたいた。河合は、金持ちの家に生まれ、東京の高級住宅街で育った男だ。そのせいか、ひどいことを口にしても、慎吾は頭にはきても、憎らしいとまで思ったことはない。そんな関係だからこそ、大学一年生の時から、交友がつづいているのだ。

「あるさ、おまえなんかに見せないだけさ」

「どんな女性か、おれ、見たいなあ。どうだ、一度、その真里さんがいる田舎に一緒に行かないか。おれが連れていってやるぞ」

「おまえが、交通費を出してくれるとでもいうのか」

「車が手に入ったんだ」

「車？　中古を持っていただろ」

「親父がさ、就職祝とクリスマスプレゼントとお年玉のみっつを、いっぺんにくれたんだ。アパートの前に停めているんだ。今度は新車だ、乗ってみないか」

「見せびらかすつもりで、やってきたんだな。しようがない奴だな」

「いいじゃないか、堅いこと言うなよ」

慎吾はうなずいた。これ以上、真里のことにも手紙のことにも、彼女のお母さんのことにも触れられたくなかった。勃起もようやくおさまってきていた。

慎吾は初めて新車に乗った。

車種はわからない。外国のメーカーだ。ベンツやＢＭＷくらいしか知らないから、それ以外のメーカーだ。河合に二度、教えてもらったが覚えられなかった。

河合の運転は慎重だ。

中古車を運転している時とは違って慎重だ。神経質と思えるくらい、タコメーターに頻繁に目を遣り、エンジンの回転数を確かめていた。新車には慣らし運転が必要ということだった。

レッドゾーン近くまであげることはしない。モノに執着するタイプではないから、きっと、車にとって本当に慣らし運転が必要なのだろう、と慎吾は思った。

窓を開けた。冷たい風が入り込んだ。タバコを吸うのは悪いかなと思ってためらっていたが、そんなの気にするなよ、数日したらヤニだらけになるんだからさ、と河合にあっさり言われた。

タバコに火をつけたところで、慎吾は就職の話を切り出した。

「河合、おまえ、就職が決まった後、ハワイに行ったりして呑気《のんき》に過ごしてきただろ。ブルーになったりしないのか」

「なんだい、ブルーって」

「茶化《ちゃか》すなよ。真面目に聞いているんだ。たとえばだ、結婚を決めていた女性が、式が近づきはじめると苛ついたり、不安になったりするらしいんだ」

「マリッジ・ブルーだろ。説明してもらわなくても知っているよ。おまえの訊きたいことはわかる。残念ながら、おまえみたいに繊細ではないから、おれは少しもブルーになんかならないよ。だから就職するのが愉しみで仕方がないな」

「繊細かな、おれは」

「まあな。がさつではないだろう。そのくらいのこと、わざわざ訊かなくても自分でわかるんじゃないか」

「そんなことないな」

「繊細でありながらも大胆だな。おれ、誉め過ぎかな。都会生活でのサバイバル能力が長《た》けているのは、その両方がバランスよく保たれているからだとおれは睨《にら》んでいる。都会育ちには、田舎者の大胆さがうらやましいと思えることがあるよ」

「誉めているんだろうな、それって」

「当たり前だろ。ところで、おまえ、就職を目前にして、憂鬱《ゆううつ》になっているのか？」

河合が表情をうかがってきた。信号が赤になったばかりだった。

慎吾は首を横に振った。河合が心配してくれているのはわかったが、

「誰でもこの病気みたいなものにかかると思ったけど、違うみたいだな」

と、笑いながら言ってやった。

信号が青になった。

河合が前方を向き、ちぇっ、こんなに気遣っている奴にその言い草はないだろ、まったく友だち甲斐《がい》のない奴だ、ここで車から降ろしてやるかな、と言った後で、

「よかったよ、少し心配していたんだ」

と呟いた。

慎吾は黙ってうなずいた。

その時だ。

慎吾の携帯電話が鳴った。

「わかる?」

女性の声だった。わかる、と切り出された時は慎重になるものだ。新車は走りはじめていて、小さな受話口から聞こえてくる音声が掠れる。声の特定などできなかった。

「よく聞こえないんです」

「五代よ」

「あっ」

「驚かなくてもいいでしょ。クリスマスは一緒に過ごせなかったけど、ねえ、今夜、わたしにつきあってくれないかしら」

「ええ、いいですよ」

慎吾は言った。これまでに二度会った新宿のホテルにすでにチェックインしているということだった。部屋番号を聞くと、携帯電話を切った。

「ここどこだい」

「吉祥寺《きちじようじ》の近くだ。あと一〇分も走れば、おれの家の前を通るよ。もちろん、家には寄らないけどな」

「だったら、Uターンだ」

「えっ……」

「新宿、行ってくれよ」

「今の電話か？　まったく、もう。おれを運転手代わりにしようっていうのか」

「慣らし運転につきあってやってるのさ」

「まったく、ひでえ奴だ」

さほど厭そうでもなくそう言い放つと、車をゆっくりとUターンさせた。

新宿まで三〇分かからずに着いた。

河合は何も訊かず、五代美佐子のいるホテルの前で車を止めた。何があるのかわからんが、このことは朋絵には内緒にしておいてやるからな、いいか、今度おごれよ。慎吾は笑みを湛えて、うなずいた。

4

すでに明かりは消されていた。

カーテンは開いていた。ネオンや街灯の放つぼんやりとした光が、五代美佐子のいる二階の部屋の中まで入り込んでいた。

廊下の先にわずかにベッドが見える。美佐子は横になっているようだ。ストッキングを穿いた足がキラキラと輝く。

どこかで見た情景のような気がした。

薄闇に目が慣れるまで、ドアを閉めたところで立ち止まっていた。そしてこれはデジャ・ブだろうかと考えた。

そうではなかった。

慎吾は思い出した。

六本木の居酒屋で美佐子と出会い、このホテルに誘われて部屋に入った時、今のこの情景とまったく同じだったのだ。

あれから二カ月も経っていない。

情景はそっくりだが、慎吾を取り巻く情況はまったく変わっていた。広告代理業の会社に就職が決まったし、五代美佐子や江田昭子、そして金井美貴子と出会ったのだ。

美佐子が足首を重ねたかと思うと、慎吾に見せつけるように足を開いてうつ伏せになったりしている。成熟した女性のなだらかなふくらはぎのラインが見える。

陰茎がいっきに膨張していく。

確か、あの時……。高まっている性欲に忠実でいよう、それが運を引き寄せることにつながるかもしれないと思ったのだ。

あの晩との違いは、胸の裡にざらついた感覚がないことだ。あの時、そうだ、あの時は、自分が女に招かれるまま、性欲まみれになっているつまらない男と思った。今はしかし、そんな想いを抱いてはいない。

陰茎に強い脈動が走り抜ける。陰毛の茂みに紛《まぎ》れるように萎《しぼ》んでいたものが、いっきに立ち上がる。

慎吾は薄闇の中を歩いた。

足取りはしっかりしている。

「早かったのね。ふふっ、こっちに早くいらっしゃい」

美佐子が急《せ》かすように声をあげた。

二週間ぶりくらいだろうか。

艶やかな表情は変わらない。黒色のワンピース姿だ。サイドテーブルにネックレスとイヤリングが置かれていた。

慎吾は黙ったまま、ベッドに腰をおろした。尖った陰茎が窮屈な状態になる。行き場を失った血流に勢いが増していく。それが強い快感となり、陰茎を硬くする刺激につながっていく。

顔を近づけた。

美佐子の瞳にさっと潤みが拡がった。うっとりとした表情に変わった。

赤茶色の口紅をつけている。人工的な甘い香りと美佐子の軀から湧きあがってくる生々しい甘さが絡みあう。

大学生には化粧品の匂いも刺激となる。先端の笠を半分程包んでいる皮がめくれた。パンツのウエストのゴムから笠が顔を出す。

笠の裏側の敏感な筋が、パンツの生地《きじ》に擦られる。透明な粘液が滲み出てくるのを感じる。慎吾はくちびるを寄せていった。

鼻息が吹きかかった。

くちびるが火照っていた。舌を差し出すとすぐに美佐子が舌を絡めてきた。

「ううっ」

美佐子の喉の奥で声にならない呻きがあがった。慎吾はいったん舌を抜くと、くちびるで美佐子の尖った舌先をしごくように吸った。口に溜まった唾液を、わざと音をあげながら呑み込んだ。

「ああっ、素敵よ」

美佐子が軀をくねらせ、口の端から声を洩らした。ブラジャーをつけているのに、乳房が大きく揺れる。胸元にボタンがふたつあるが、それが軀をくねらせた拍子にはずれた。

指先をワンピースの胸元の中に滑り込ませようとした。そこで美佐子に止められた。

「待って、ちょっと」

高ぶった声があがる。強引に手を差し入れることもできそうな気がしたが、慎吾はそうしなかった。ちょっと、性急過ぎたかな、と思ったのだ。軀を離すと、美佐子がゆっくりとした口調で言った。

「素敵なことをする前に、少しだけ、お話したいのよ」

「話って？」

「一昨日《おととい》のイブの時、パーティでたまたま、江田さんとお会いしたの。その時、彼女、君と会ったって言っていたのよ」

美佐子が軀をずらし、ここに横になってちょうだい、君が坐ったままだと話しづらいわ、とうながしてきた。

慎吾は美佐子に寄り添うようにしてベッドに横になった。甘い香りに包まれる。互いに向かい合った。視線が絡む。美佐子の瞳の潤みが先程よりも濃く、厚くなっている。赤茶色の口紅はすでに剝がれ落ち、ピンク色をした艶やかなくちびるが現れていた。

「どんな話をしたんですか」

慎吾は訊きながら、美佐子のウエストのあたりに手をあてた。太もものほうに向かってゆっくりと撫でていく。ストッキングとワンピースの裏地が擦れ合う。すべすべした感触が伝わってきて、指先が気持いい。

「あの人、あなたにずいぶんなこと言ったみたいね」

「ああっ、あのことですか」

「わかっているの？」

「ええ、だいたいは。本当に広告代理店に就職したいのかって訊いたことでしょ」

「そうなの。ずいぶん、君のことを心配していたの。わたしは笑って、『彼なら絶対、心変わりすることなんてないから大丈夫』って応えたのよ。君は幸運を招く力が強い男性でしょ、だから道を間違えたりしないだろうって思って、そう応えたのよ」

「でも、心配になったんですね」

「そんなところね」

「だったら、大丈夫です。安心してもらっていいです。正直言うと、いろいろ考えさせられました」

「迷惑だったでしょ」

「違います。よかったと思います。よくよく考えたことで、浮わついた気持がすっかりなくなりましたから。自分が社会に出て働くってことを、このタイミングで考えることができて、幸運だったようにも思ってます」

「そういう考え方をするから、運を招くのかしら」

「それもあると思いますけど、ぼくの運の強さは、それだけではないですよ」

「そう？」

「夕方、中学時代に出会った女の人のことを思い出していたんです」

「まあ……」

潤んだ美佐子の瞳に驚きの色合いが浮かんだ。地方の中学生もすすんでいるのね、と囁くように言うと、慎吾の股間に指をあてがった。陰茎が膨張しているかどうか確かめたようだった。

「霊感が強い人というか、不思議な女性で、ぼくのこと『君は運を持っている』と言ってくれたことを思い出したんです」

「わたしの睨んだとおり、強い運を持っていたということね。安心したわ。中学時代のことだから、その女性とどうなったのか、わたし、聞かないでおくわ」

「そうですね。ぼくもまだ整理できないでいる部分もありますから」

「そうなの？　もうずいぶん経ったでしょ。それとも最近までおつきあいをしていたのかしら。あっ、それともまだ、おつきあいがつづいているの？」

「いいえ、中学時代に終わっています。ふっとその頃のことを思い出したら、まだ自分の中でケリがついていないような気がしてきたんです」

「昔のことでしょ？　どうすることもできないでしょ」

「今年は正月に田舎に帰って、ちょっとそのことを考えてみようと思ってます」

「そうなの、残念ね。お正月には会えないってことね」

「いいのよ……。それなら、今夜会うのが今年の最後になるわね。ねえ、話はもう終わりにしましょ」

「すみません」

美佐子の指が動きはじめた。

話は本当に終わりのようだった。

慎吾の股間をまさぐる。ズボンの上から膨張した陰茎の形を浮き彫りにするように撫でる。それだけでは飽き足らなくなったかのように、慌ただしくファスナーを下ろし、ズボンのボタンを外した。

パンツの中から陰茎を抜き出す。ピンクのマニキュアが薄闇の中でキラキラと輝く。指の腹で先端の笠から滲み出ている透明な粘液を拭い取った。

「ふふっ、とっても元気ね」

慎吾の肌に張りつくような粘っこい声で囁いた。長い髪を指先で梳きあげると、軀をずらした。ワンピースの裾がめくれ、ストッキングに包まれた太ももが現れた。

「ああっ、大きい」

呻き声があがった。部屋が一瞬にして、妖しい空気に変わった。尖った陰茎がくわえこまれた。舌先で幹を弾きながら、口の奥深くまで呑み込んでいく。鼻息が陰毛の茂みに吹きかかり、微かに揺れる。

ふぐりが収縮した。だらりとしてやわらかい皮が硬くなる。陰茎をくわえながら美佐子が、器用に顎を使ってそれを揉むように愛撫してくる。

「気持が、いいです」

慎吾は腰を震わせた。その拍子に、陰茎が深い挿入を果たすことになった。先端の笠が口の奥の肉の壁にぶつかった。

「うぐっ」

「苦しい、ですか」

陰茎をわずかに引き加減にしながら声をかけた。幹を締めつけている美佐子のくちびるが緩んだ。幹をつたってふぐりに流れていく唾液もあれば、シーツにべたりと落ちていくものもあった。

美佐子の指が陰茎のつけ根を握った。ヌルヌルしたつけ根を絞るようにこねる。ふぐりの奥のほうがカッと熱くなった。

絶頂の兆しだった。

たったこれだけの愛撫とフェラチオだけでいくのは自分らしくない、おかしい、と慎吾は痺れはじめた頭で考えた。きっとこれは、金井美貴子と中途半端な触れあいで終わったせいだ。軀の底に沈んでいた欲望がいっきに噴きあがってきたのだ。そう思うと、快感はいっそう強まった。

「気にしないで。君のおちんちんが、お口にいっぱいになって、気持がいいの」

呻くように濁った声を洩らすと、美佐子がまた陰茎を深くくわえこんだ。

鋭い快感が走り抜ける。ふぐりの奥の火照りも強まる。くちびるに締めつけられる。唾液が硬くなったふぐりの皺にまで入り込んでくる。

「ううっ、我慢できません」

慎吾は背中を反《そ》らせ、腰を突っ張らせた。膨張している陰茎を美佐子の口の奥深くまで挿《さ》した。

美佐子の軀がビクンと震えた。くちびるが動きはじめるのを陰茎の幹で感じた。くぐもった声が口の端から洩れてきた。

「いいのよ」

「ほんとに、いいんですか」

「このまま、お口でいきたいんでしょ。君の好きなようにしていいのよ」

「はい……。ぼく、このまま美佐子さんの口の中でいきたい、です」

「ああっ、素敵……」

「ぼくのものを、こぼさずに全部、呑み込んでほしいです」

「そうして。ねっ、いって、わたしの中でいって、お願い」

「いきそうです」

「呑んであげる……。少し遅れたクリスマスのプレゼントになるかしら」

美佐子の長い髪が前後に揺れはじめた。口全体を使って、陰茎をしごく。根元までくわえ込むと、つけ根を舌でえぐった。しばらくそれをつづけると、くちびるを笠まで戻し、裏側の敏感な筋を弾き、小さな切れ込みに舌をねじ込ませた。

限界だった。

すぐそこまで絶頂は近づいている。

美佐子への愛撫はまだだった。快楽へ導いてもいなかった。今までならばきっと、愛撫を優先して、絶頂の兆しを抑え込むように努めていたはずだ。

何かが変わったのだ。

そう思った瞬間、白い粘液を堰《せ》き止めている堤防が崩れた。陰茎の幹を駆けあがっていく。ふぐりの奥から腰にかけて、強く鋭い快感が走り抜けた。内臓が迫りあがり、よじれるような感じがした。

慎吾は心の底から快感に酔った。

〔この作品は、月刊「小説ＮＯＮ」誌（祥伝社刊）に、同名で二〇〇〇年一〇月号から二〇〇一年二月号まで掲載されたものに、著者が刊行に際し、加筆、訂正したものです〕

女運

一〇〇字書評

切り取り線

購買動機（新聞、雑誌名を記入するか、あるいは○をつけてください）

- □（　　　　　　　　　　　）の広告を見て
- □（　　　　　　　　　　　）の書評を見て
- □ 知人のすすめで
- □ タイトルに惹かれて
- □ カバーがよかったから
- □ 内容が面白そうだから
- □ 好きな作家だから
- □ 好きな分野の本だから

●最近、最も感銘を受けた作品名をお書きください

●あなたのお好きな作家名をお書きください

●その他、ご要望がありましたらお書きください

住所					
氏名		職業		年齢	
Eメール				新刊情報等のメール配信を 希望する・しない	

あなたにお願い

この本をお読みになって、どんな感想をお持ちでしょうか。

この「一〇〇字書評」を私までいただけたらありがたく存じます。今後の企画の参考にさせていただきます。

あなたの「一〇〇字書評」は新聞・雑誌などを通じて紹介させていただくことがあります。そして、その場合はお礼として、特製図書カードを差しあげます。

前頁の原稿用紙に書評をお書きのうえ、このページを切りとり、左記へお送りください。Eメールでもお受けいたします。

〒一〇一-八七〇一
東京都千代田区神田神保町三-六-五
九段尚学ビル　祥伝社
祥伝社文庫編集長　加藤　淳
☎〇三（三二六五）二〇八〇
bunko@shodensha.co.jp

祥伝社文庫

上質のエンターテインメントを！　珠玉のエスプリを！

祥伝社文庫は創刊15周年を迎える2000年を機に、ここに新たな宣言をいたします。いつの世にも変わらない価値観、つまり「豊かな心」「深い知恵」「大きな楽しみ」に満ちた作品を厳選し、次代を拓く書下ろし作品を大胆に起用し、読者の皆様の心に響く文庫を目指します。どうぞご意見、ご希望を編集部までお寄せくださるよう、お願いいたします。

2000年1月1日　　　　祥伝社文庫編集部

女運《おんなうん》　長編官能ロマン

平成13年5月20日　初版第1刷発行
平成19年8月30日　第10刷発行

著者　神崎京介《かんざききょうすけ》
発行者　深澤健一
発行所　祥伝社《しょうでんしゃ》
東京都千代田区神田神保町3-6-5
九段尚学ビル　〒101-8701
☎ 03(3265)2081(販売部)
☎ 03(3265)2080(編集部)
☎ 03(3265)3622(業務部)
印刷所　図書印刷
製本所　図書印刷

ISBN4-396-32854-0 C0193

祥伝社のホームページ・http://www.shodensha.co.jp/

祥伝社文庫

藍川 京　蜜の狩人

小悪魔的な女子大生、妖艶な女経営者…美女を酔わせ、ワルを欺《あざむ》く凄腕の詐欺師たち！ しょせん、悪い奴が生き残る！

藍川 京　蜜の狩人 天使と女豹

高級老人ホームに標的を絞った好色詐欺師・鞍馬。老人の腹上死を画す女・彩子と強欲な園長を欺く、超エロティックな秘策とは？

藍川 京　蜜泥棒

好色詐欺師・鞍馬郷介をつけ狙う謎の女。郷介の性技を尽くした反撃が始まった！「蜜の狩人」シリーズ第3弾。

藍川 京　ヴァージン

性への憧れと恐れをいだく十七歳の美少女、紀美花。つのる妄想と裏腹に今一つ勇気が出ない。しかしある日…

藍川 京　蜜の誘惑

清楚な美貌と淫蕩な肉体を持つ女理絵《りえ》。彼女は莫大な財産と持つ陶芸家を籠絡し、才能ある息子までも肉の虜にするが…

北沢拓也　美人秘書の密室

愛人調教師・門馬征一郎《もんませいいちろう》は、代議士から依頼され、奇妙な条件のついた愛人選びを始めたが…。

祥伝社文庫

祥伝社文庫

北沢拓也
人妻狎《なら》し
カリスマ性戯人・穴井楽天の許には夫に不満を持つ若妻、特異な性癖に悩む社長夫人などがやってくる…。

北沢拓也
派遣社員の情事
「あそこに三つの黒子《ほくろ》のある女を探せ」密命を帯びたエリート銀行員は早速、OLたちの調査を開始する。

北沢拓也
人妻めくり
「どんなこと、されるのかしら…」不感症に悩む人妻、満たされぬ未亡人たちが、喜悦の嵐に呑まれる時

南里征典ほか
秘本
肉欲の虜《とりこ》になった令嬢、童貞狂いの美人教師、痴態の限りを尽くす女子銀行員…白熱の官能短編集。

菊村　到ほか
秘本　禁色《きんじき》
援助交際を繰り返す女子高生、不倫現場を目撃された銀行員の妻…菊村到他、八人が描く女の性。

北沢拓也ほか
秘本　陽炎《かげろう》
欲望の虜になった人妻、純情な女子大生ホステス、ヌードモデルを請《こ》われた女教師…本能の炎《ほむら》に惑う女たち